ちくま文庫

冠・婚・葬・祭

中島京子

筑摩書房

目次

冠・婚・葬・祭

本書は二〇〇七年九月、筑摩書房から刊行されました。

空に、ディアボロを高く

辞表があっさり受理されて通う場所がなくなってからの二ヶ月は、なにもする気が起きなかった。だから、そのままひきこもりのようにしてアパートに居続けたが、菅生裕也がこの土地に留まる理由は、まるでないのだった。

その日は四月の初めの月曜日で、世の社会人にとっては「年度始め」の一日のはずだった。夜のニュースでスーツ姿の「新入社員」がずらずら並んだ「入社式」の模様が流れるに違いない。他人にとってはなにかの「始め」でも、裕也にとっては「終わり」だった。せめて年度替りを機に立ち退こうと決意して、荷物をあらかた東京の実家に送った後、一人で後を追う予定で、つまり、二年暮らしたこの土地と、今日でさようなら、という日なのだった。

どのみち、ちっとも好きになれない場所だった。

勤めていた地方新聞社は、大手新聞もテレビ局も広告代理店も出版社も軒並みすべって唯一内定をもらえたところだったから、選択の余地なく入社したのだけれども、地方新聞の地方支局なんてものには愛情も関心もなく、とにかく記者仕事のノウハウを覚えたらさっさと東京支局に送ってもらうか、さもなければ転職しようと日々考えていた。

渋谷生まれ、世田谷育ちが自慢の裕也は、初めての地方暮らしがいやでいやでたまらず、服を買うのにも、もちろん髪を切るのにも、実家に帰っていた。駆け出し記者に休みらしい休みなんてものはなかったが、勤務先はかろうじて関東エリアだったので、日帰りでもいいからと上京した。のどかなだけが取り得の田舎町の、江戸時代から続く呉服屋みたいな名前のデパートで服を買うことを想像すると背筋が凍った。そして、昔なつかしい三色の螺旋形サインポールのある床屋などに入ってしまったら最後、頭の形が気になって気になって、仕事など手につかないだろうと思っていたのだ。

あのときのこだわりは、なんだったのだろうと、裕也は考える。いったい、支局の女子の何人が、俺の頭にいちいち注目してたかよ、と。

だいいち「支局の女子」なんかにつかまっては、一巻の終わりとまで考えていたのではなかったか。支局に婿探しに来ている、地場産業の自営業者の娘か誰かにつかまり、いつのまにかこの土地に親類縁者がわさわさ出来、そうこうするうちに山だの自然だのがすっかり好きになり、未来永劫、盆暮れにはここに帰ってくるようなことには、死んでもなりたくないと思っていた二年間だった。

振り返ると、ほんとうにばかばかしい心配をしていたものだ。家にひきこもってすっかりむさくるしくなった自分の姿を洗面所の鏡で認めて、東京に帰る前にともかくどこでもいいから髪を切ろう、と菅生裕也は考えた。

家を出て目についた最初の床屋は、まさにフランス国旗色のポールをぐるぐる回し、看板に「Bar Ber」と掲げている店だった。

「短く」

とだけ、人のよさそうな親父に告げた。散髪が終わると、やはり、しまったと思わないではなかった。それでも、どうでもいいやという気持ちが強かったので、とりあえず髭をあたってもらうことにした。無精髭がシェイビングフォームといっしょに消え去ると、悪い気はしなかった。東京の人気サロンとは、ケタ一つ違う安さだった。

金を払って外へ出、首筋がなんだかひどく無防備な気がして、手を当てて触ってみると、ひんやりする。肩をあげたり、さげたり、首をゆらゆら動かしたりしていると、後ろから声がかかった。

「おい。おいってば。スガオさん、スガオユウヤさん！」

いきなり名が呼ばれて、なにごとかと振り返ると、ついさっきまで耳元ではさみをしゃきしゃき言わせていた床屋の親父が追いかけてくる。

「あんた、これ。大切なものを」

親父の手には、たったいま支払いを済ませたときに店に置き去りにしたらしい財布が握られていた。親父は、中に入っていたクレジットカードの表面に印刷されたローマ字を、読み上げたのだった。

「あ」

小さな声でそれだけ言って、財布を受け取ると頭を下げた。

路肩に、木材を積んだ大型トラックが停まっていた。トラックからは、ラジオの音声が漏れてきた。誰といって代わり映えしないラジオ口調の男が読み上げたメールは、今年社会人一年生になる息子の成長した姿を、まぶしく感じるという父親からのものだった。子どものころから憧れていた警察官になった一人息子に、「俺もがんばる、おまえもがんばれ」とかいう「お便り」を、ラジオの男はなんの疑問も持たずに読んでいた。きっと毎年、この日はこの種のネタを読むと決めて、もう何年も同じことをしているのだろう。

「もう一個、読んじゃいましょう。えー『タカユキさん、いつも欠かさず聞いてます。職場は単車の整備工場なんで、いまも仕事中です』勤務中に、ありがとうっ！」

このラジオのパーソナリティは、タカユキというファーストネームの人物らしい。

「はーい、『今日は、春一番、がんがんに吹いてます』って、春もう十番くらいじゃないかと思うけど。ねー、『こういう風強い日は飛ばせないけど、春になるとどっか行きたくなっちゃうんですよね。休みの日には、バイク仲間を誘ってみようと思っています』って、小田原市のブンブン野郎くん、そうなんだよね～、春風には人間、誘われちゃうんだよっ。僕もじつは春になると、ふら～っと出かけたくなる癖があって、なーんて、そんなことを言ってる場合じゃないだろう、年度始めなんだから。でも、こっそり、心の中で旅に出たい人のために、お届けします。……」

用事を終えたらしいトラックのドライバーが、運転席に戻り、窓を閉めて車を出してしまったので、裕也は「心の中で旅に出たい人のための」音楽を聞きそびれた。たしかに風の強い日で、煽《あお》られた空き缶が下水溝の上をころころ転がっていく。缶を追いかけるようにして、裕也はアパートへ歩いて戻った。

身の回りのものをスポーツバッグに詰めて車のトランクに押し込み、家の鍵を大家に渡しに行くと、大家は、東京に戻られるんですかと、人の顔を探るような顔をした。事件のころは、この大家のところにも週刊誌の聞き込みがやってきて、よく知りもしないことをぺらぺらと、さも親しい人間であるかのように吹きまくっていたらしい。

車を出して、市内を南北に流れる川沿いに走る道をまっすぐ行くと、川辺に菜の花が咲き、里山の少し色の濃い山桜が賑《にぎ》わいを見せていた。橋を渡って、蔵を持った民家が残る旧市街を抜けると、高速の入口のある国道に出る。

東京まではたいした距離でもなかったが、一応ガソリンを入れておくかと考えついて、次に目についたスタンドに車を入れると、赤いつなぎを着た若い男が近づいてきてドアを開けた。

ハイオク、満タン、現金で。

そう伝えると、男は一礼して、灰皿はよろしいですか、と型どおりの質問をし、車の後ろを回って給油機に向かい、作業を始める。

男が仕事をしている間、窓から右腕のひじを突き出した格好で、正面に聳《そび》える青い山と、その上に広がる空を見ていた。さすがに風の強い日だけあって、空には雲がない。すべて吹き払ってしまったのだろう。

春の青空を見ていたら、ふいにそこに大道芸人が投げ上げる中国ゴマのようなものが浮かんだ気がして、裕也は成人式の日に見た、あの男を思い出した。

成人式の事件は、地方新聞の新人記者による、功を焦った捏造記事として、しばらくの間、話題に上った。「バカっ記者」とか、そんなような記事が、いくつかの週刊誌に掲載され、インターネットの掲示板に罵《ば》詈《り》雑《ぞう》言《ごん》が並んだ。

本人にしてみれば、いろいろと言い訳してみたいこともあった。だいたい、そんなに「功を焦って」いる人間が、地元の町の成人式の報道なんかで、何かを得ようと思うだろうか。

ともかく、そのころ報道機関による誤報や捏造が続いたせいで、この田舎町の事件は、予想以上に大きく取り上げられた。編集局長が解任になり、とりあえず二十日間の自宅謹慎処分を課された当事者の菅生裕也は、懲戒解雇になるよりは辞表を出すほうが利口だとほのめかされて、そういうことになったのだった。

当の記事の内容は、こんなものだった。

〈大道芸も鮮やかに
新成人の旅立ちを祝う

新成人を祝福する式典が十七日、須木市・市民会館にて盛大に行われた。晴れ着姿や、スーツなどのかしこまった姿に身を包んだ若者が多数、会場に足を運んだ。同市では、「須木スキ！ ニジュッサイ・フェス」と冠したこの式典を、若者自身が企画運営し、社会の一員としての自覚を高めるためのものと位置づけ、準備を進めてきた。当日は、新成人が両親や恩師に感謝する「サンキュー・ビデオクリップ」が放映され、市長や県議による激励のメッセージの後の、カラオケ大会も盛り上がりを見せるなど、新演出に参加者は表情を和ませていた。騒ぎを起こしそうな興奮気味の新成人に「声かけ」や「抱擁」をして落ち着かせる、お母さん有志による「ハギング・ママ」も登場し、成人式は終始和やかなムードに包まれた。また、メイン会場の外では、新成人による「ストリート・パフォーマンス大会」が行われ、二十歳の門出を祝う一日を華やかに締めくくった。〉

たったこれだけのもので、脇にほんの4×3センチ大の写真が掲載された。これも裕也が自分で撮影した。市民会館前の広場でジャグリングを披露する若者の姿が写っていた。

たしかにあの日は会場前広場に出向き、長い紐の上で中国ゴマを操る男の芸を鑑賞し、カメラに収めたのだった。しかも、「新成人によるストリート・パフォーマンス大会」が行われるということは、事前に入手した実行委員会による企画書にも書かれていた。

だから、掲載日の翌日に電話がかかってきて、

「成人式の日に大道芸なんかやっていません」

という苦情の声が耳元で響いたときは啞然とした。

妙なふうに正義感をあふれさせた電話の声の主によると、「ストリート・パフォー

マンス大会」は、参加希望者が極端に少なかったためにかなり前に見送られ、かわりに「二十歳の宣言・書初めコンテスト」が行われることになったと、十二月二十六日に送った訂正版の企画書にも書いてある、それに、当日きちんと式典の取材に来ていれば、配られた式次第に記載されているばかりではなく、「書初めコンテスト」の上位入賞者の発表と記念品の授与式だってあったのだから、馬鹿でもわかることだというのだった。

「しかし、会場前広場で、パフォーマンスは行われていましたが」

「ですから、それは成人式実行委員会とはなんの関係もありません。最初に企画した『ストリート・パフォーマンス大会』だって、私たちの考えでは、ミュージシャンとか、そういう感じのことを想定していたわけで、いわゆる『大道芸人』を念頭に置いていたわけではありません。というのも、会場前広場は、広場と言ってもあまり広くないので、大道芸などは、許可されていないのです。それもあって、大会は行わない旨、決定したわけですから、こちらとしては、あの日にあそこであんなことを勝手にするのは、我々の開催した成人式を、むしろ冒瀆《ぼうとく》するような行為にあたるんですよ。それを、おたくみたいな新聞記者さんが、まるで、こちらが企画して実行したかのように書き立てて、写真まで載せるって、どういうことですか。しかも、我々が行った式典に関しては、取材に来ているのかどうかもわからないじゃないですか。新聞って、そういうことをするんですかね」

その、居丈高な苦情電話に対しては、しかたがなく低姿勢で応じたものの、謝罪記事を出すの出さないのと言っているうちに、どこから伝わったか、ネット上ですっかり話題になってしまい、馬鹿だ、怠慢だといいかげんこき下ろされた挙句、他紙の報道や、週刊誌もやってくるようになってしまったのだった。

たしかに、その記事は、事前情報を元に取材前に形式的に書いておいた、「予定稿」と呼ばれる原稿に、ほとんど手を入れていない状態のものではあった。

しかも事実、十一時からの式典には遅刻した。

当日は、明け方の四時に火事騒ぎで叩き起こされた。現場にかけつけたものの、ほんのちいさなボヤだったため、人命にかかわらなかったのは幸いだったが、もちろん記事にはならなかった。そういう、記事にならないが確実に仕事ではある、深夜のひったくり事件やら暴行未遂事件やらの取材で、夜中に起き出さなければならないことが数日続いたのが原因で、うっかり寝坊をしてしまったのを、「怠慢」と言われれば一言もない。

とはいえ、やばい、やばいと口では言いながらも、そんなに焦っていなかったのも事実だった。

いかに「新機軸」と銘打とうと、成人式の式典なんてものは、そう変わりばえしないに違いなかったし、例の、ここ何年かマスコミを賑わせた「荒れる新成人」などというものが、そうそう出現するとも思えなかった。

それでも、かけつけて滑り込んだ会場で、「なにか事件みたいなのは、ありましたか」と、誰彼なく問いただしてはみたのだが、みんな和やかな顔をして、「そういう、テレビみたいのは、ないですよお」と言ったので、そらみたことかと思ったのを覚えている。

会場の左隅に、「二十歳の宣言・書初めコンテスト入賞作品」が展示されていたような気もする。しかし、人間の素朴な心の動きとして、新年の伝統行事である書初めが、まさか「新機軸」だの、「新演出」だのとは、思わないではないか。

式典の目玉と考えられているらしい、「カラオケ大会」だって、誰が考えたのやら、目新しさからこれほど遠いものもない。新成人の実行委員会が知恵を絞って出てきたアイディアがこれでは、日本の未来が危ぶまれる。

そんな中、むしろ、裕也の目を引いたのは、「ハギング・ママ」のたすきをかけた、四、五十代のおばさん連中だった。

黄色いたすきがけの婦人の一人に近づき、コメントを求めると、頬をやや上気させてその女性は、この「ハギング・ママ」は市内の婦人グループによるボランティアであり、騒ぎを起こす雰囲気を持った新成人たちに近づいて、「お声がけ」をしたり、「抱擁」をしたりして、「落ち着かせてさしあげる」運動をしているのだと、言うのだった。

「『お声がけ』と、『抱擁』ですね？」

「そう。『お声がけ』と、『抱擁』です。群馬県のほうで成果をあげているという報告がありましたので、私どものほうでも、いくらかでもお役に立てればという真摯な気持ちで始めました」

「今日は、何人くらい、その、『抱擁』を？」

「『抱擁』は、まだあんまりね。『お声がけ』のほうを中心にしておりました」

「『お声がけ』と言いますと、どんな言葉を？」

「そうねえ、『盛り上がってるぅ？』とか、そういう言葉ですね」

そう答えると、微笑《ほほえ》んで中年婦人は足早に去っていった。

カラオケ大会が行われている会場は、バイキング形式の食事会でもあり、晴れ着姿の若者がここぞとばかりに、寿司やから揚げをつっついていた。若者以上に保護者の人数が多かったのは、昨今、意外でも何でもないのかもしれない。

とにもかくにも、そんな、やや間の抜けた成人式が終わり、これじゃあ記事にもなんにもならないなと思いながら外に出ると、一人の男が中国ゴマを高く、高く、晴れ上がった空へ投げ上げ、それを器用に受け取る作業を繰り返しているのが見えた。

男は額に玉の汗をかいていた。

三本の棍棒を使ったジャグリングが始まると、拍手と歓声が上がった。

裕也は、しまったばかりのデジタル一眼レフを取り出し、原色のバギーパンツと白のフードつきトレーナーで演技する若い男に向けてシャッターを切った。

棍棒の演技が終わると、男はそそくさと片づけを始め、特別の口上もなしに帰り支度にかかった。それを、不思議なことだと思うべきだったのかもしれない。

けれども、自分自身も、そろそろこの場を引き上げなければならなかったから、とくに疑問にも思わずそのままにしてしまった。他にもすることは、たくさんあるように、そのときは思えたのだ。

あの男は、なぜあの場所であの日、ジャグリングを披露していたんだろう。「ストリート・パフォーマンス大会」は、開催されなかったのに。しかも、あの、怒って電話してきた「成人式実行委員会」の感じの悪い男を信用するなら、「大道芸などは許可されていない広場」だったのに。

市民会館の正面は、たしかに広場というよりは、少しだけ車寄せのスペースがあるエントランスといったものだった。すぐ向こうには、幅にして八メートルくらいの道路が走り、両脇に、葉の散った欅の幹が並木をつくっていた。欅並木の手前の広くはないスペースで、男は、紐の反動を利用して中国ゴマをぽーんと遠く投げ上げた。式典に参加した晴れ着の若者たちは、男がいなくなると道にだらだら広がるようにして帰って行った。

あいつは、いつからあそこで演技をしていたんだろう。ひょっとして、人々が市民会館大ホールで、式典やカラオケ大会に興じていた間、彼は一人で黙々と演技をしていたのではないだろうか。

ふいに、そんな想像が頭をかすめた。

時間に追われていた裕也は、式場から外へ出た人間としては最初のほうだったが、その時点で芸人はすでにパフォーマンスを始めていて、そしてたいして長い時間披露したわけでもなく立ち去ったのだった。

裕也は、汗をかきながら中国ゴマや棍棒を操っていた男の顔を、自分が鮮明に覚えていることに驚いた。そういえば、鬱々《うつうつ》と家にいた間、つい自虐的にチェックしてしまった、地方新聞のバカ記者をバッシングするネットの記述の中に、その大道芸人のことが何か書いてあったような気がするなあと、思い出しもした。

「室内清掃はよろしいですか」

赤いつなぎの男が、ふいに窓越しに顔を寄せたので、菅生裕也は我に返る。

「あ、けっこうです」

店員に言われた金額を現金で渡し、車のキーを倒してエンジンをかけると、別に急いで帰る理由も何にもないのだからと、高速の入口に向かってまっすぐ進むのをやめて、町の中心へと引き返すためにハンドルを切った。

田舎町の高校生が学校帰りにたむろしているような、繁華街というにはかなりさびれた銀座通りまで戻ると、目についたインターネットカフェに入った。案の定、客はほとんどいなかった。無愛想な女の子が注文をとりに来て、また無愛想に去っていった。

検索エンジンを呼び出して、まずは「北関東日報　誤報」と打ち込んで検索する。もちろん、しらふでは目にしたくないような、数々のURLへのリンクが並んでいた。バカだの、非常識だの、マヌケだの、お話にならないだの、さんざんなことばかり書いてあったが、さすがに三月《みつき》近くも経っているので、もうすっかり慣れてしまって、それを読むだけでは、極端に落ち込むことはない。

およそセンスもよくない、感じの悪さばかりが鼻につくブログの中に、裕也はこんな記述を見つけた。

「このバカ記者は、主催者に確認もせずに、思い込みで『ストリート・パフォーマンス大会』と書いたらしい。最悪。ウラも取らずに通したデスクも大バカ。レベル、ゲロ低。しかも、この大道芸人は、この日も無許可で営業していて、道交法違反の常連……。記事にするなら、そっちだろ、バカ」

そんな駐禁レベルの道交法違反、いちいち記事にすっか、バカ。

頭の中で言葉にして応酬し、運ばれてきたコーラをずずっと飲んだ。

他にもいくつか、似たような記述はあり、成人の日にその男が逮捕されたとかいう、それこそ「誤」報だかなんだか、あきらかに事実とは考えにくいものもあった。

なぜ唐突に、この土地を去ると決めた日になって、その男のことが気になったのかは、よくわからない。東京に帰るのは、あの冬の晴天の一日、自分に高い空を見上げさせた男のことを、もう少し知ってからでも遅くはないかもしれないという、理由のつかない感覚が、裕也を支配したのだった。

インターネットカフェを出ると、裕也は、呉服屋みたいな名前のデパートの地下に出向き、三千円の菓子折りを買った。それを助手席に投げ、地元の警察署に向かった。

地方都市の中心街は、江戸時代の街道がそのまま道路になった、そう道幅が広くもない通りにある。シャッター通りとは言わないまでも、商いが成り立つんだか成り立たないんだかわからない店が軒を連ねている。その銀座通りのどん詰まり、幹線道路にぶつかったところを山側に曲がって少し行くと、薄汚れた灰色の警察署があり、あいかわらず警棒を下げた警官が立っていて、駐車場に車を入れると近づいてきた。

「お久しぶりです」

そう言って頭を下げ、相手の不思議そうな顔つきを無視して中に入り、やたらと妙な貼紙のある廊下を抜けて、裕也は交通課へ向かった。この土地で新聞記者になって以来、サツ回りで通いつめた小さな警察署内のことなら、自分の会社よりよく知っている。デスクに座って書類に目を通していた小太りの交通課長は、裕也が部屋に入っていくと、目を丸くした。

「お久しぶりです」

先刻とまったく同じ調子で繰り返すと、交通課長は、

「おう！」

と、手を上げ、

「今日は、どうした？」

と、訊ねた。

「完全に引き上げて、東京に帰るんで、ご挨拶に」

適当なことが口をついて出てくるのも、二年弱の経験ゆえかと苦笑が出そうになるのを裕也は抑え、菓子折りを差し出す。

「あー、こりゃ、気ィ遣わせちゃったね」

交通課長が言った。

それから、人のいい交通課長は、失業した若い男を気の毒だと思ったらしく、

「だけど、まあ、あれだなあ。あの記事で迷惑した人なんかいないんだからさあ、そこまですることもなあ」

と、語尾を中途半端に響かせた。

「いや、あれは完璧、自分の不手際ですから。上にも迷惑かけちゃってるし、信用問題なんで。しょうがないっす」

そう言ってから、裕也は頭の中で、俺、警察来ると自分のこと自分とか言っちゃうんだよな、と一人突っこみをした。

「なあ、スガちゃん。俺は、会えたらあんたに言おうと思ってたんだ。人間、誰だって、間違いはある。あんたのやったことは、そりゃあ、ほめられたことじゃないかもしれないが、ただの間違いだ。あんたはまだ若い。やり直しはいくらでもきく。俺は

そう思うよ」

「はあ」

苦笑しながら頭を下げる。

「まあなあ。スガちゃんは、性格がいいからよ。どこへ行ってもな、やれるって」

またこの交通課長は、いい加減な慰めを言う。

この土地もサツ回りも大嫌いだったのに、案外、警察の人々には、かわいがられたものだった。交通課長とは、二度ほど釣りにも出かけた。事件はないが、釣り場には困らない町だった。

特ダネとかなんにもねえし。この人と魚釣ってどうすんのよ。

とか思いながら出かけ、釣ってる間中、内心溜め息だったのに、なぜだか清流のヤマメがおもしろいように釣れて、楽しみにしているとかいう奥さんと四人の子どもの待つ家にも招待してもらって、庭で仲良くバーベキューをしたのだった。

「あんときのなあ、あれ、おもしろかったな。うちの子ども、めっちゃくちゃ喜んでよ。なんだっけかなあ。あの、エロ人間の話」

「ああ、グロニンゲン？」

「そうそう。あれ、笑ったわ」

たしか子どもに謎々をせがまれて、とっさに思いついたのが、「つぎのうち、ウソの地名はどれでしょう? ①エロニンゲン ②グロニンゲン ③スケベニンゲン」という三択問題だったのだけれど、

「いや、スケベニンゲンはないだろう。それはぜったいないだろう」

と、もっとも大騒ぎをしたのは、四人の子どもではなくて、この交通課長本人だった。

答えが一番のエロニンゲンだと教えると、

「いちばん、ありそうだけどなあ」

と、真剣に悩んでみせた。

性格がいいのは、あんたのほうですよ。

裕也は頭にそんなセリフを木霊《こだま》させた。

「大道芸やってた若い男の子なんですけど、あの日、道交法違反で、つかまちゃったって本当ですか?」

交通課長は、なにを言われているのかよくわからないというように、眉をひん曲げ

てみせる。

「俺のせいで、変なふうにネットに書かれたりして、彼もちょっと、やな思いしちゃったかなあって、気になってたんですよ」

「それはスガちゃんのせいじゃないだろう」

「まあ、そこはね」

交通課長はそばにいた婦人警官に指示して、書類を綴じた黒表紙のファイルを探し出した。

成人式の日付の書類には、それらしきものがなかったようだった。

「ないよ、そういうの。どっちにしたってスガちゃんのせいじゃないだろう」

交通課長が繰り返している脇で、婦人警官が、

「中央公園で大道芸してた若い人なら見たことがありますよ」

と言わなかったら、裕也はそのまま引きあげていたに違いない。

「中央公園で？」

「ええ。この町でそんなことやってる人、ほかに見たことないから、たぶん同一人物じゃないですか？　ここでやっちゃだめだって警告したんだけど、二度見たもんだか

ら、捕まえたんです。そしたら未成年だったんで、まあ見逃すっていうか、一筆入れさせて、帰したことありましたよ」

「それ、いつですか？」

「二月くらいかな」

「どれよ」

と交通課長が言うので、婦人警官はまた黙って別のファイルを取り出し、しばらく見ていて、あった、と低い声を出した。

「ありました？」

「ええ。ああそう。それからこの子、女の子でしたよ」

「女の子？」

「そう。わりと筋肉質で中性的な感じで日焼けしてた。一瞬、男かと思ったんだけど、近づいて話したら女性だったんです」

婦人警官が説明してくれた。そのときふいに電話が鳴り、彼女がファイルを机に置いた。背の高い裕也には、小柄な彼女の肩ごしに「鶴見忍《つるみしのぶ》」という名前と電話番号が見えた。

「短い間でしたがお世話になりました」

と頭を下げると、交通課長は神妙な表情をして、

「元気でな」

と言った。

また遊びに来いとか、近くに来たら寄ってくれとか、そんな社交辞令は言わなかった。

この土地を出て行ったが最後、よほどのことがなければ二度と訪れることはないだろうと思ったに違いない。

外へ出ると突風が吹き込めてきて、刈ったばかりの猫っ毛をぐしゃぐしゃにかき回した。警察署の入口には一本、若い桜の木が植えられていたが、朝からの風に煽られてさんざんに散る花びらが、くるくると裕也にまとわりついた。

埃も目に入り、思わず痛みで顔をしかめた。感情の動きとは関係のない涙が目からこぼれ、しばし、まばたきをすることになった。

二年間の記者人生のほとんどの時間を吸い取っていった、薄汚れた灰色の建物の前にぼんやり立っていると、顔見知りの警察官が階段を降りてくるのが見えたような気

がしたので、裕也は急いで駐車場に戻り、車を出した。

鶴見忍には、携帯から電話をかけた。一度見ただけの電話番号を覚えられるのは、短い職業訓練の賜物と言えるかもしれない。
二、三回、留守電を聞いて、メッセージは吹き込まずに切った。どのみち話すつもりはたいしてなかった。
朝から何も食べていなくて、腹が減っているのに気づいたので、街道沿いの定食屋に寄った。午後二時を回っていたので客はいなかったが、いくつかのメニューの札が裏返ってはいるものの、店はまだ閉める気配はなかった。

「あれ、スガオさん」

白い上っ張りを着込んだおばちゃんが、裕也の顔を認めて驚く。

警察署からそんなに遠くないこの定食屋には、ずいぶんよく通った。地物の川魚がうまくて、聞けば店の亭主が朝、自分で釣ってくるという話だった。

「いつもの、大盛りで」

はいよう、ヤマメ、大盛りねえ、と、おばちゃんは言った。

おばちゃんは、なにか言いたげな表情のまま引っ込み、奥の厨房にいた亭主を連れてもう一回出てきた。ほら、スガオさん、とおばちゃんは言い、引っ張り出された店の亭主は、小さな声で、おお、と声を漏らした。

こういう微妙な、間の悪い感じ。小さな町のことなので、誰もがあの事件を知っていて、なんとなく腫れ物に触るようでもあり、なにかを知りたがっているようでもありという、居心地の悪い雰囲気に晒されるのが嫌で、裕也はこの二月《ふたつき》ほど家にひきこもっていたわけだが、実際に晒されてみれば、そうたいしたことでもないように思われた。

「あいかわらず、朝、川に行ってるんですか？」

そう聞くと、亭主はほっとしたような顔をして、

「行ってるよお。行ってる」

と言い、今日もいいのが釣れたよお、と歌うように続けて、また厨房に引っ込んだ。

清流の中に身を置いて、水の流れる音だけを聞き、釣り糸が生きた魚の躍動を腕に伝えるときの感覚を、裕也は唐突に思い出した。

川魚だけは、うまかったよな。

手持ちぶさたにスポーツ新聞を広げながら考える。

この土地に来るまで、魚が嫌いだった。たまに食べるのは弁当に入った塩鮭くらいで、刺身も中トロ以外は嫌悪していた。ところがこの山に近い土地に不本意ながらもやってきて、初めて食べたヤマメや岩魚は、完全に舌を魅了した。淡白なのにうまみが強くて、なんとも言えず、飯との調和が取れている。絶対に東京じゃあ、こいつは食えない。

これも食い納めか。と、運ばれてきた「ヤマメ定食大盛り」を見ながらも感慨深く、さらに、いつもよりヤマメが一匹多いことを発見した。

礼を言おうと思って顔を上げると、二人とも厨房に引っ込んでしまっていて、店内には裕也ひとりだった。

神棚の脇に据えられたテレビが間延びしたホームドラマの再放送画面を映し出していた。

最後のヤマメ定食を食べ終えると、もう一度、携帯を取り出してリダイヤルした。

何回かのコールが聞こえ、カチャッと受話器の外れる音がすると、

「鶴見ですが」

と、耳元で女性の声がした。

「あっ」

自分でも不審な声を出すと、裕也はうっかり電話を切ってしまった。つい、誰も出ないだろうと思い込んでいたので、心の準備ができていなかったのだ。

大慌てで、おばちゃんを呼び出して、定食代を払い、外へ出て再び携帯を操作して耳に当てた。また、プルルと数回鳴る音がして、さきほどの女性が電話に出た。

「鶴見ですが」

「もしもし。すみません。いま、電話が途中で切れてしまいまして。私、スガオと申しますが、シノブさんでいらっしゃいますか?」

どちらの、と聞かれたらなんと答えようと思案していると、先方は意外なことを言う。

「シノブ、いま、入院してるのよ」

「入院?」

「事故に遭ってねえ、脚の骨を折っちゃってねえ」

「え〜? ほんとですか? それは、たいへんでしたね」

思わず同情したような声が出た。

「お友だち？」

「はあ。まあ。以前に、大道芸の、あのお」

「ああ、スクールでいっしょ？」

「あ、はあ」

「あ、そう」

「いや、そのお」

「遠いんでしょ？」

「は？　なにが？」

「遠くの方？」

「や、と、東京っていうか、東京なんですけど、ちょっと、今日は、近くまで来てて」

「あらあらあら。わざわざねえ。そりゃ、悪かったわねえ。忍、いなくて。そうですか」

「いや、ぜんぜん」

「あら、どう？　すぐ帰らなくちゃならない？」

「あ、や、いいえ」

「もし、よかったら、見舞ってやってくれる？」

「え？　あ、はい。もちろん」

「なんだか、自信を失くしちゃっただとか言って、くよくよくよくよしてるのよ。脚を折ったのはねえ、かわいそうだったけども、あれじゃもう、神経が参っちゃうわ。お父さんが亡くなってから、私が女手ひとつで育てたもんだから、どっか弱いのかしらねえ」

「いや、そんなことは」

「ごめんなさいね、愚痴っちゃって。お友だちがわざわざ東京から来てくれたっていったら、ちょっと元気出るかもしれないからねえ」

婦人警官は、鶴見忍を「未成年」と言っていた。だから、娘の母親も、その「友だち」であるところの裕也を、ずいぶん若い男の子だと思っているのだろう。なんだか、子どもにでも話しかけるような口調だった。

病院の名前と、面会時間を確認し、それじゃあこれから行ってみますと言うと、母

親は、

「ありがとう。お願いねえ」

と言って、電話を切った。

お礼を言われる筋合いでもないのだが。母親は一方的に勘違いしてしゃべりまくったものの、なんの事故だったのか詳しいことをなにも教えてくれなかった。

東京に帰るということ以外、何も決めていなかったので、流れでちょっと病院に行ってみたくなった。二ヶ月引きこもった反動で、なんだか仕事をしているような錯覚も起こしかけていた。

入院している女の子には、どんなお土産が適当なのだか裕也にはわからなかったが、また頭文字を丸で囲んだ呉服屋風のネーミングのデパートに戻る気はしなかった。花屋のある通りは知っていたけれど、仏壇に飾るような花しかないあの店で女の子にあげる花束を買うのもどうかと思われた。

結局、少し先の古い観音寺の脇のみやげ物屋へ寄って、千代紙を貼った十センチ四方の箱に入ったうさぎの形のお手玉を買った。やや小ぶりで、クリーム色をした縮緬《ちりめん》のお手玉に、赤い糸で目と耳の線をつけただけのシンプルなものだったが、就職して最初の休みに、東京で大学時代の仲間との飲み会があったときに、買って帰ったら女の子たちに、この小ささがかわいいと言われた。雑誌業界に就職した女友達が、包み紙もかわいいと絶賛していたのを覚えている。

病院は、ここらでいちばん大きな市立病院だから、これも何度も取材に行ったことがあった。暴行致死事件の被害者の顔写真がほしいと、どうしても遺族には切りだせなくて、同じ事件で複雑骨折して入院していた、命拾いしたもう一人の被害者にもらったことを思い出した。

この町にいたのは、たったの二年間だったのに、部屋を出て歩いてみると、どこにでもなにかしらの記憶が沁みついている。

受付で名前を書いて、病室を訪ねると、四人部屋のドアは開いていて、おそらく窓も開けてあるのだろう、風が勢いを殺しながらも廊下まで流れてきた。

中へ入ると、左側はカーテンが閉まって中が見えず、手前右側のベッドには、人がいなかった。

裕也は一歩病室に足を踏み入れてから、顔をひょいとドアの外に突き出して、鶴見忍のベッドが、右の窓寄りであることを確認した。それから、また病室に入って、右奥に進もうとして、ギプスをつけた脚を投げ出して上半身を起こし、本を読んでいるように見えた女の子の、濡れた目が視界に飛び込んできた。

見てはいけないものを見たと思い、目をそらして、この場を逃げ出そうかどうしようか考えていると、女の子は急いで両手で涙をぬぐい、

「菊池《きくち》さん、お友達が来て二人でどっか行きましたよ」

と、言った。

やれやれ、この人の家系は、どうも勘違いが得意らしい。

目のやり場に困った裕也が、空いた手前のベッドばかり見つめて思案していたのを見て、そちらの見舞い客だと勝手に決めてしまったようだった。

「あ、じゃあ、ちょっと、待ってようかな」

どのみち、あの記事を書いたのが誰かなんてことは、言わなくてもいいことだった。なんとなく説明するのもめんどうな気がして、裕也はまたも相手の誤解に便乗して自らの素性を名乗らない作戦に出る。

「変なとこ、見られちゃった」

ギプスの女の子は言った。

婦人警官が証言したように、ちょっと中性的な顔立ちをしていた。スポーツが得意そうな、小麦色の肌は余計なたるみがなくて、きりっとした眉も、細いが強さのある目も、高い頬骨にも見覚えがあった。ウェーブのかかった茶色の髪を、かなり短く、細かくシャギーを入れてカットしていた。

めくりあげた長袖のカットソーからは、日に焼けてきれいに染まった腕が伸びていたが、筋肉がついてよく締まった腕は精悍なイメージだった。肩幅がしっかりしているわりに、胸にはそんなに厚みがなくて、あの日、冬空の下で着ていたものがゆったりしたトレーナーだったこともあり、男と見間違えてしまったのも許せるところはあった。

「わたし、大道芸人なんですよ」

鶴見忍は、問わず語りに話し出した。泣き顔を見られたのが照れくさくて、沈黙に耐えられなくなったようだった。

「大道芸人？」

「これ、なんだかわかります？」

忍は窓際にマグカップといっしょに置いてあった中国ゴマを手に取った。

「うん。見たことある。紐の上で、転がしたり投げたりするやつでしょ」

「見たことあるの？」

誰のやってるとこを見たのかも、言ってみたいような気がしたが言わなかった。

「ある」

「ディアボロって言うんですよ、これ。いろんな色のがある。これ、わたし、大好きで」

そう言うと、忍は窓から外に目を移し、こんどは、

「スティルトって知ってます？」

と、質問した。

「スティルト？」

「うん。あのね、金属でできてて、脚にはめるんですよ。竹馬みたいな感じのもの。サーカスで、脚がすごく長いピエロとか、見たことあります？　あれは、スティルトはいてるんですよ」

菊池さんのベッドの脇に置かれた丸い椅子に腰をかけた裕也がうなずくと、

「スティルトはいて転んだんです、わたし」

と、忍は続けた。

「ああ、それ？」

ギプスの脚を指差すと、彼女はうなずき、

「公園で練習してたら、子供が道路に飛び出そうとしたんで、『危ない！』って思って、走ったら躓《つまず》いちゃったんですよ。どっちが危ないんだか」

おどけてみせたので、笑って相槌《あいづち》を打とうと思ったのに、彼女の顔はみるみる曇っていき、またさっきの泣き顔になってしまったので、裕也は動揺した。

「そしたら、こわくなっちゃって。もう、スティルト、はけないかもしれない」

最後のほうは、声がつまって、聞こえなくなった。

裕也は、菊池さんのベッドから、窓辺のほうへ移動し、忍の近くまで行った。

見かけ、気が強そうに見えるのに。

なにか言おうと思ったのだが、泣いている女の子を前にすると、意外に言葉というものは出てこないものらしい。ややあって、彼女が顔を上げたので、裕也はそれまで頭の中で組み立てていた慰めを口に出してみる。

「はかなくてもいいんじゃないの？」

「こわいなら、無理にはくことないんじゃないの？　ほかの芸をやればいいじゃない。さっきのその、ディアボロとか、棍棒とかさ」

「うん、そうなんだけど。うちのお母さんもそう言うんだけど」

「だめなの？」

「スティルトがはけないっていうのが、嫌なんです。はかなくてもいいんだけど。はけるけど、はかないならいいんだけど。こわくて、はけないっていうのが」

ほらみろ、やっぱり気が強いんだ、この人。

「一時的なものかもしれないでしょう？　怪我したショックでこわくなってるんだったら。少し時間が経てば、はけるようになるんじゃないかな」

「でも、あの高さと、あのときの感覚が、急によみがえってくると、ものすごくこわい」

「まず、その脚、治しなよ。治さなきゃ、どっちにしたってはけないし」

「そうなんだけど」

勝気でもあり、意外に素直でもありそうな鶴見忍は、自分を納得させるように、なんどかうなずいた。

それからまた、溜め息とともに下を向いて、

「わたし、ほんとは今日、仕事だったんですよ」

と、言った。

「仕事？」

「駅前のマルシゲで、クラウンするはずだったの」

マルシゲというのは、裕也がなるべくなら買い物するのを避けてきた、例の地元のデパートのことである。

「クラウン？」

「ピエロのかっこうして、買い物に来た子供達に、バルーンやるはずだった」

「バルーン？」

「ほら、細長い風船で、動物の形つくったりするの、知ってる？」

「ああ、わかった。知ってるよ」

「あれ、やることになってたんだけど、わたし、こんなんなっちゃって。この町に戻ってきて、初めての仕事だったのに。いやんなっちゃう。ほんとうは公園や路上でや

りたいんだけど、この町はまだ、そういうのぜんぜん慣れてないから、あんまり人も集まらないし、おまわりさん来ちゃうし」

「この町に戻る前は、どこにいたの？」

「名古屋でスクーリングやって、それから大阪の芸人さんについて勉強して、去年の秋にこっちに帰ってきたんです。わたし、ここで生まれて育ったんですよ。だから、ここで仕事したいと思って。ほかにやってる人もいないでしょ、ここなら」

そういう考え方もあるんだ、と裕也は思った。

「初仕事だったのに。やりたかったな」

忍はまた悔しそうに下唇を噛んだ。

左脚のギプスには、「治ったらまたディアボロ見せてね。ママ」と書いてあった。

「治ったらまたできるじゃない。怪我しちゃっただけで、誰かに怪我させたわけでもないし、もうこの仕事をやっちゃいけないって言われたわけでもないし。怪我が治ったら、またできるんだから、それは、なんていうか、泣くようなことじゃないよ」

そう、裕也が言うと、

「なんか、突き放した感じで冷たいね、初めて会ったのにさ」

と、忍はふくれる。

「なんで冷たいんだよ。俺はものすごく常識的なこと言ってるよ。ヘンだよ、泣いたりさ。一人で、浸《ひた》っちゃって」

「どうして、わたし、初めて会った人に、ヘンとか言われなくちゃいけないの？」

「だって、ヘンだろう。初仕事がだめになったって、それで雇用契約が二度となりたたなくなったってわけじゃないし。意味がわかんないよ。なんで泣くの？」

「怪我人に対して、そういうこと言う？」

「そんだけ元気な怪我人なら、脚の怪我なんて、すぐ治るよ」

「わっかんない、この人。菊池さん、探しに行ってくれれば？　ここにいること、ないんじゃないの？」

なんだよ、誰だよ、菊池さんって。

頭に疑問符を浮かべてから、そうだった、俺は「菊池さん」のお見舞いに来た男ということになってるんだと思い出した。

「ごめん。ちょっと言い過ぎた」

「ま、いいけど」

「ごめん。励まそうと思ったんだよ」

「あんまりそういう感じしなかったけどね」

「ていうか、ほんっとに、暗くなる必要なんかなんにもないんだよ、君は。若いんだからさあ、やり直しなんかいっくらでもきくから」

「自分だって、若いじゃん」

「君ほどじゃないよ。ま、それはいいんだけど。怪我が治れば仕事もできるし、恐怖心だって、時間が経てばなくなっていくから、その、スティルトっていうのだってはけるようになるし。あんなものはいてちゃあ、転ぶことだってあるだろ。投げ上げた棍棒が降って来て頭にぶつかることだってあるだろうし。そういうもんだよ。いつだって、誰にだって、そういうことはある」

「大道芸、やったことあるみたいな言い方だね」

まんざら、皮肉っぽくもなく、自信喪失気味の芸人は言った。

「ねえよ、そんなもん。これからも、やんないよ。だけど、まあ、わかるよ。誰にだって、そういうことはあるからね」

「ねえ、ひょっとして」

そう言いかけて、しばし沈黙し、探るような目つきをした芸人が、こう続けた。

「頭に棍棒が降って来たの？」

「まあ、そういうことだね」

「当たったわけね、頭に」

「まあ、そんなもんだね」

「ふうん、そうなんだあ」

芸人は、信じていなくもないような口調になる。そして、ふうん、そうなんだあ、と、もう一度、口の中で反芻《はんすう》するように繰り返し、忍は、何か考えているようでもあった。

「頭に棍棒が降って来たってどういうこと？」と訊かれたら、どう答えようか思案していると、風がカーテンをめくって、窓枠に置かれていたディアボロを押して落とした。

床を転がるのを追いかけていき、病室の床にはいつくばって、隣の菊池さんのベッドの下でなんとか落ち着いたその中国ゴマを拾い上げて、鶴見忍のベッドの脇に戻ると、やや晴れ晴れした顔をした彼女は、ありがとう、と言った。

笑顔が、それこそ子どもみたいだと思い、婦人警官が鶴見忍のことを「未成年だ」

と言っていたのを思い出した。

「ねえ、年、いくつだっけ？」

と訊ねると、不思議そうな顔をした忍は、

「二十歳。なったばっかり」

と、答えた。

「じゃあ、今年、成人式？」

裕也から、突拍子もない声が漏れ、カーテンを閉め切った左側のベッドの窓側から、責めるような咳払いが聞こえた。

「うん」

うなずいてから、忍はなにかを思い出したように、

「そこに置いてあるわたしのバッグ、取ってもらえます？」

と、言った。

泣いたり、笑ったり、忙しい人だな、これが二十歳の子の若さなのかなと、自分とたった四歳しか違わないのに思い、言われたとおり窓の下に置いてあったかごを取って渡してやると、忍は中から手帳を取り出した。

手帳にはビニールのカバーがついていたが、ピンク色のそのカバーには、ベタベタにシールが貼りつけてあったので、大道芸なんて人のやらないことをやっているけれども、いまどきの二十歳の女の子なんだと、裕也はどこか安心するような気持ちになった。

その、女の子のほうは、システム手帳に綴じられたクリアーファイルのページをめくると、あった、と小さくつぶやいて、開いた手帳を裕也に突き出した。

「これ、わたし」

忍が何気なく見せてよこしたそのファイルに挟まれていたものを目にした裕也が、我を忘れて声を上げたために、閉まっていたはずのカーテンがシャーと嫌な音を立てて開いた。

「ちょっと。病室で大きな声、出さないでよ」

太ったおばさんがこちらを睨み、また音を立ててカーテンを引いた。

おばさんの顔もこわかったが、システム手帳の開いたページにはもっとおどろいた。

そこには、間違いなく裕也が書いた記事と撮影した写真があったからだ。

どういうリアクションをしたらいいかまったくわからなかったので、だまって、写真を見つめた。玉の汗。空に高く投げ上げたディアボロ。あのときの青い空の色も思い出した。

「その記事、ウソなの。大会なんかなかったんですよ。わたし、おまわりさんに捕まるのがこわくて、その日もこそこそ逃げちゃった」

俺が、撮影して、ウソの記事書いた本人です。

そういうセリフが頭に鳴り響いたが、かろうじて口にするのは思いとどまった。

「ほんとだったらよかったのにな」

なにごとが目の前で起こりつつあるのか、よくわからないでいる裕也の耳に、忍のそんなひと言が聞こえてきた。

ほんとだったら？　よかった？

「ほんとだったらよかったの？」

「うん、やりたかった」

「やりたかったって、どういうこと？」

「それはね」

忍は眉間にしわを寄せた。

「秋に、こっちに帰ってきたでしょう？　いろんなところにチラシ配ったりして営業してみたけど、ぜんぜん仕事させてもらえなくて、焦ってたのね、そのころ。そしたら、『二十歳のストリート・パフォーマー募集』って、市民報とかに載ったわけ。もう、これはやるしかない、わたしのための企画だ、とか思っちゃって、すぐ応募して。めちゃくちゃ、がんばって練習したのに、いつになっても、なんにも連絡が来なくて、何度電話しても、お役所の言ってることがわかんないのね。それで、十二月の末になってまた電話したら、『大会は、なくなった』って言われたの。応募したのが、わたし一人だから、参加者が集まんないから、なくなりましたって」

「ひどいな、それ」

「ひどいでしょ。ひどすぎるでしょ。もう、秋からはずっとそんなんだったし、年明けてからは気持ち切り替えようと思ってたのに道交法違反で捕まりそうになるし、スティルトはいて転ぶし、最悪続き。なんか、呪われてるのかって感じ」

一気にそれだけ言うと、忍は下を向いた。

「これ、わたし、ほんとの記事だったらいいのになあ」

少し沈黙した後で、忍がそう口に出した。

「悔しいから、この日、みんなが成人式に出てる間、一人でこれやってた。会場に注目が集まってるときは、外の広場には誰もいなくて、誰も出てきて止めたりしないから。ああ、わたし、これ、ここでやるはずだったのになあって、そう思って。なんか、きれいなお姉さんが司会してくれて、名前とかも呼んでくれちゃって、拍手もいっぱいもらっちゃって、とか。そしたら、式が終わって、人が出てきちゃって。やばい。やめなきゃと思ったけど、やっぱり人に見られてなんぼの芸だからさ。うれしくなっちゃったんだよね」

それだけ言って、また、ぽつんと、

「やりたかったなあ」

と、目の前の二十歳の女の子は、窓の外に目を移す。

裕也も、何も言わずに外に目を向けた。頭の中は、いまひとつぼんやりしていて、なんだか混乱してきたようでもあった。

俺の書いた記事。俺の書いた誤報。

上司に「我が社の権威を失墜させた」と言わせ、インターネットや週刊誌に「バカが書いた」と書かれた記事。芸人の女の子がスクラップしてたいせつに手帳にファイルしている小さな記事。

「そのうち、ほんとになるよ」

思わずそんな言葉が口をついて出て、それを聞いた忍は、振り返って表情を崩した。

「ほんとになる?」

「なる、なる。俺の予定稿、スポーツの試合結果とかでも、だいたい当たってた」

「ヨテーコ?」

「あ、いや、その、ぜったい、がーっとお客さん集めて、長い足つけて、ぼんぼん棍棒投げることになるって。そのうち。保証する」

「って言われてもなあ」

忍が笑ったのを機に、裕也は、

「じゃあ、俺、そろそろ」

と、かばんを取り上げて、帰り支度を始めた。

「菊池さんは?」

裕也を、菊池さんの見舞いと信じている忍が、困った顔をした。

「下行って、探してみる」

「もうすぐ、帰ってくると思うけど」

「いいって。とにかく探してみるから」

がんばって、と言い残して病室を出ると、口元に我知らず笑みが浮かんできた。

裕也は、みやげ物屋で買った包みを小脇に挟み、気合を入れる相撲取りみたいに、パンパンと二回ほど、両手で頬を叩いた。

状況は、いまだ何一つ前向きには捉えようがないものだったが、頭の中には、ここ二、三ヶ月考えつきもしなかったような、ポジティブなセリフが浮かびそうな感覚があった。

ヨシ、とか。なにが「ヨシ」なんだかは、よくわからないけれども。

一階に下りて、エントランス近くまで行きかけると、

(じゃあ、また来るからね、菊池さん)

と言う声が聞こえたので振り返った。玄関に近い待合室の隅で、老年女性同士が手を握り合っているのが見えた。

連れと別れて病室に戻ろうとするのを呼び止めて、

「菊池さんですか?」

と訊ねると、女性はこっくりうなずいてみせた。

「これ、お見舞いです」

菅生裕也は手元に持っていた紙包みを、彼女の手に握らせた。

菊池さんは、虚をつかれて、宙を睨んだ。

外に出ると、一日吹き荒れていた春風がすっかりやみ、風が雲を吹き飛ばしたおかげで、西の空が朱色に染まっていた。

日の暮れ落ちた桜の季節は、こころもち肌寒かったが、東京へはのんびり空でも眺めながら帰ろうと思い、裕也は車のエンジンをかけると、ルーフを開いた。

この方と、この方

たとえばこんなふうに書き始めることもできる。

「二十一世紀の初め、場所は日本、出生率が低迷し、人々は結婚に希望を失い、街は独身男女であふれ、未来には独居高齢者のおびただしい群れが脚をひきずりながら歩く姿が浮かび上がるばかりであったころ、一部の人々が彼女の存在を思い出し、その力に賭けてみようと思った。彼女の名は……」

もちろん、そんなふうにおおげさに物語は始まらない。それどころか、彼女が挫折した仕事人として、地方都市の市立病院のベッドで寝ているところから始まる。

背の立ち上がるベッドに上半身をもたせかけ、ちょうど腹を被《おお》うように置かれた折りたたみ式の小さなテーブルの上の、柄つきのコップを握り、目は宙に向けたまま、菊池《きくち》マサ枝《え》はぼんやり考えている。

かつて、彼女の仕事がまだどこの家庭でもふつうに望まれ、受け入れられていたころ、ことはずっと簡単だった。重要なのは、年恰好、男性の収入、出身地や家柄。要するに一組の男女の、世間的に見た「釣り合い」というもの。それを重んじる「見合い文化」が存在する限り、いい結果を出すのは比較的容易なことだった。

見合い結婚をした女性が年頃の娘に「なんでお母さんは結婚を決めたの？」と聞かれて、「仲立ちした先方の叔母さんが勝手に乗り気になっちゃって、どんどん進めちゃって、断れなくなったのよ」と答える。これを、照れ隠しとばかり考えるわけにはいかない。男のほうも、「俺だって、もっといいのをもらおうと思っていたのに、気がついたらそういうことになってたんだ」と言ったりする。それも、まんざら強がりというわけではないだろう。

つまり、かつては、「結婚」に、ずっと強く他人が介入していたものなのである。

多くの人間が「わたしの意志じゃあないが」と言い訳を口にしながら結婚していき、よい家庭を持ち、子どもを生み、育てて生きてきた。この「言い訳」は、車のハンドルの「遊び」のように、人生の重大な選択の難しさに余裕と円滑さを与えていたのだ。

つきつめて考えていくと、彼女はこんな結論にすら達しそうになった。

「結婚においてもっとも邪魔になるのは、本人の意志である」

菊池マサ枝は、当年とって六十八歳である。職業にはついたことがない。結婚紹介所で働いていたわけでもない。いわば、ボランティアとして、長くその仕事に携わった。

三十歳で初めて良縁をまとめ、以来三十年間、知る人ぞ知る優秀な「お見合いおばさん」として生きてきた。八年前を最後に密かに引退を決めたのは、もう世間が自分を必要としないことを感じとったからだった。

どんなにいいご縁をまとめようとしても、本人にやる気がなさすぎる。見合いをしておきながら、先に進めるでも断るでもなく宙ぶらりんに放り出しておく人が多くなった。

本人にやる気がないなら、周りがサポートすればいいのに、「当人の決めること」と知らん顔をする。「見合いをしてまで結婚したくない」と女が言えば、「見合いに来るのにロクな女はいない」と、男のほうが文句をつける。

おせっかいの権化、前世紀の遺物、封建制の名残……。誰がそんなふうに言われてまで、人様の良縁を願う仕事をボランティアで続けたいと思うだろうか。

長く連れ添った夫を五十八で亡くしたのも痛手だった。あれから十年、夫と暮らしていた都内のマンションで、遺族年金と子どもたちの援助で一人暮らしを続けていたが、地方都市へ嫁いだ娘が、そろそろいっしょに住もうと言ってくれている。

そんな矢先だった。

偶然にも彼女のところに、二枚の見合い写真が持ち込まれたのは。

五月の連休が明けて、そろそろ蒸し暑くなろうかというある日、一枚の写真が、女性本人によってもたらされた。池上智子《いけがみともこ》。三十七歳。友人の関口由香《せきぐちゆか》といっしょに、わざわざマサ枝の住むマンションを、訪ねてきたのだった。

「これがわたしの写真と釣書です」

そう言って、智子は封筒を差し出した。いっぽうの関口由香が口を開いた。

「マサ枝さんのことは、わたしが主人の母に聞きました。すごい人で、手元にはマサ枝さんを信頼するいろんな方からの写真をあずかっていて、写真と写真をつきあわせただけで、うまくいくカップルを見つけ出してしまうんだって。人相学でもやってるんじゃないかって。八割か九割の成功率で、まとめた件数もハンパじゃない。それも、仕事でやっているんじゃないからすごいんだって、義母は絶賛してました」

「昔の話ですよ」

聞きながら悪い気はしなかった。たしかに全盛期のマサ枝のもとにはびっくりするような数の写真が持ち込まれ、顔を見ただけで合うか合わないかわかったものだった。

「彼女は必死です。とても結婚がしたいんです。どうか、助けてあげてください」

「でも、いまどきの方はいまどきのやり方があるんじゃないかしら。インターネットで申し込む結婚紹介システムとか。だいいち、お友だち同士で紹介しあうのがいちばんでしょう?」

「ダメなんです。わたし、自信がなくって」

関口由香は、下を向いた。

「わたしや主人の友だちを彼女に紹介しても、もし、うまくいかなかったら、と思うと」

マサ枝は内心、やれやれと思った。世の中はこういう人で満ちている。おせっかいを焼くのがこわいのだ。「当人同士」で決めてくれればいいのにと、最初から逃げ腰。

「インターネットのお見合いサービスは、出会い系サイトみたいでいやなんです。それに結局、お金がすごくかかるみたいだし。せっかくなら貯金は挙式に回したいから」

池上智子は目を上げてそう言う。

それで見知らぬ老婆の善意にすがろうというわけね。マサ枝は心の中でだけ、こっそり肩をすくめた。

「挙式は、いつごろを考えていらっしゃるの？」

唐突に、見合いからずいぶんかけ離れた質問をマサ枝がするので、智子の横にいた関口由香はおろおろし、

「まだ、そんな、ねえ」

と、口ごもると、

「年内には婚約して来年の夏までにと考えています」

池上智子のほうは意外に毅然とした声で、答えた。彼女はいまどきのタイプではないが、かなりの美人でもあった。

マサ枝はしばらく考えていて、それからこのように口に出した。

「申し訳ないけれど、もうお見合いおばさんは卒業しちゃったの。だけど、こうしましょう。あずかるだけあずからせていただいて、どなたか探している方があれば回してみますけれども、ご期待に添えるかどうかはわかりません。期限を決めていらっしゃるようですから、ひと月ほどおあずかりして、なにもないようなら、お返しします。もう、こんなおばあちゃんでしょう？　手元に写真がいっぱいなんて、そんなことはないんですよ」

それでも、よろしくお願いしますと頭を下げて、女性二人は引き上げて行った。

あずかってしまったからには、なんとかしなければならないと思い、昔取った杵柄《きねづか》で、心当たりのありそうな知人に電話を入れてみたが、みなマサ枝のような年齢と経験の持ち主だったので、「まわりに聞いてみましょう」という期待の持ちにくい返事のみが戻ってきて十日ほどが過ぎた。

そして、いずれ、写真は返さなければならないかと思ったりしていたころに、もう一枚が、マサ枝がまとめた夫婦のもとに生まれたという、これも若い女性からもたらされたのだった。

津村真知《つむらまち》、という名の大学生で、腹違いの兄、啓一《けいいち》が四十を過ぎてもまだ独身で、見るに見かねてどうにかできないかと考えた挙句に、祖母から連絡先を聞き出して、独断で訪ねてきたというのだ。

「父は再婚でしたから、難しい条件を、見事にクリアしてまとめてくださったのは、マサ枝さんだったからだと、祖母がよく話していました。啓一にもそういう話を持ってきてくださる方がいればいいのにと。はじめはわたしも、『おばあちゃん、なに、古臭いことを言っているの』という気持ちでした。でも、なんだかそれももっとものような気がしてきたんです。わたし、兄を見ていると、いらいらするんです」

「いらいら?」

「そうです。いらいら。兄は、じつはバツイチなんです。バツイチってわかりますか? 離婚経験者ってことです。二十七で結婚して、二年で別れてます。それがトラウマに。トラウマってわかりますか? 傷ついちゃってるってことです。じつはその前に、高校時代につきあってた彼女と結婚しようって言ってたんだけど、兄が東北の大学に行ってるうちに、彼女が他の人と婚約しちゃって、そのショックでずっと七年くらい女の子とつきあえなくて、次につきあった彼女とは結婚したけど離婚して」

「お気の毒に」

「ええ。でも、もう四十を過ぎているんです。三十代のときには、好きになった女性がいたらしくて、兄は結婚も考えたと言ってました。でも、彼女、人妻だったんです。兄は、嘘をつかれていたんだそうです」

「なんですって？」

「ひどい女がいるもんだと思いましたよ、わたしだって。だけど、どうして兄は彼女に夫がいるってわからなかったんだろうと、そこのところもいらつくんです。わかりませんか？　ふつう。せめて、結婚しようとか、思う前に」

「最初の結婚がだめになったのは、どうしてだったのかしら」

「妻の浮気です。兄は鈍すぎるんです」

叩きつけるような答えが返ってきたので、マサ枝はふうっと溜め息をつき、肘掛け椅子に深く座りなおした。

「兄はもう、恋愛結婚は無理です。もうダメ。なにがあっても、腰を上げようとしないんです。ハリウッド製のおバカ映画みたいに、ゴージャスな金髪美女が現れて一気に宗旨替え、なんてこともありえません。この女にも裏切られるかもしれないと思うと、なにも起こらないほうがましだと思っているんです」

「でも、見合い結婚なら、考えるって？」

「残念だけど、そうも言ってません。もうどうでもいいって言ってます。一生独りでいるほうがいいとも言います。そのほうがラクだとかって。日に日に、そっちに傾いていってます」

「ご両親はなんておっしゃってるの？」

「腫れ物に触るようです。『お兄ちゃんが決めることだから』って。でも、わたしはそう思いません。だいいち、お兄ちゃんには決められないんです。そこがいちばん問題です」

この兄思いの女の子の話に引き込まれつつあったマサ枝は、ゆっくりと脚を組み替えた。

「どうして、決められないのかしら？」

「理由は、さっき説明したようなことです。傷ついて、弱気になってるからです。でも、問題は決められない理由じゃなくて、『決められない』ってこと、そのものなんです。一生独りでいたいという意志もなければ、女の子とつきあってモノにする意志もないんです。ただ、日々が流れていくだけ。そのことを考えないようにして」

「お友だちはどうしてるの？　お兄さんのお友だちは？」

「おそらく、兄の前で結婚の話はタブーだと思っているんじゃないでしょうか」

「わたしが言うのもおかしいけれど、結婚だけが人生じゃないわよ」

「そんなことはわかっています。だいいち、わたしは一生、結婚するつもりがありません」

「まあ」

「とくに必要を感じないんです。ボーイフレンドさえいれば、いいと思っています。わたし、子どもが欲しくないんです。理由はあるけど、いまは兄の話に集中してください」

「わかりました」

「口では言わないけど、兄には結婚願望があると思います。妹のわたしにはわかるんです。額にセリフが貼ってあるようなものです。『嫁さん、来てくれないかなあ』って。それを、いままでの経験が打ち消すんだと思います。『だって、前にあんなことがあっただろ、こんなことがあっただろ、うまくいくわけないじゃないか、独りのほうが気楽だぜ』って」

「それで、わたしに、なにをしろと？」

「ここに、統計があります。最新の調査で、『見合い』で結婚した男女は既婚カップル全体の7・4パーセント。一九四〇年代までは70パーセントでした。七〇年に50パーセントを切って、以来、すさまじいスピードで減っていったんです。いま、四十代の男性、五人に一人はシングルです。この人たちはまるまる、かつては『見合い』で結婚していた層といえます。身内や上司がせっせと世話を焼いて、ようやく結婚していた人たちが、軒並み余っちゃっているんです」

統計学の講義でもするような口調で津村真知はまくしたてる。マサ枝はもう一度、座りなおした。どこかで眠っていたプライドが、醒《さ》まされるような気がした。

「うちの兄には『見合い』が必要なんです。恋愛しろとか、合コンで女の子をひっかけろとか、プレゼントや甘い言葉で釣り上げろとか、たまには駆け引きを上手にやれなんて、そんなこと、兄にはできるわけがないんです。『お見合いパーティー』すら不可能です。そんなところへ行くくらいなら神田川に身投げしたほうがいいと思っているでしょう。神田川で死ねるかどうか、わたしは知りませんけど。だけど、もし結婚できたら、奥さんをだいじにするはずです。浮気なんかぜったいしない。自分があれだけ傷ついたんですから」

目の前の津村真知は泣きださんばかりだった。

じっさい、菊池マサ枝も、心を強く動かされたことはたしかだった。

だいいち、兄思いの津村真知は、先日現れた結婚志願者の娘よりも、ずっと好感の持てる人物だった。マサ枝を、結婚を勝ち取るための安上がりな道具くらいに思っているようだった池上智子にくらべて、この娘はマサ枝の存在価値を、彼女なりに高く評価していることがあきらかだった。

しかし、おおいに自尊心を慰められる一方で、百戦錬磨のマサ枝だからこそ、この話を引き受けることはできないとも思ったのである。

「真知さん。お見合いをしたって、本人がその気にならなければ、なにも起こらないわよ。そのことはわかってる？」

「ええ。そこに大きな壁があることは承知しています」

強い敗北感に打ちのめされたように、真知は目を床に落した。

「申し訳ないけど、お手伝いはできません」

真知は驚きで大きく目を見開き、悲鳴を必死で飲み込んだような音を発した。

「お話をうかがっていると、お兄さんご本人にはお見合いの意志がないようでしょう？　内心でどう思っていてもよ。そういう人は、お見合いしても、だめなの」

「だめ？」

「ええ。だめ。昔はね、それでもよかったの。結婚に本人の意志なんかそれほど必要じゃなかったころは。でも、いまはだめです」

「そんな……」

「それからね、『決められない』人は、だめ。お見合いは恋愛じゃないの。だからなにもかも即断即決しなくちゃならないの。今日会ったら、今日返事をするの。引き延ばしたりできないの」

「それは、兄には」

「無理でしょう」

「無理、かも……」

悲しそうな顔をした真知は、一日だけ待ってくれたら兄を説得すると言う。

「無理強いしても、だめなのよ。わたしは何人もそういう人を知ってるの。二週間待ちましょう。そしてお兄さんがやってみるとおっしゃるなら、お引き受けします」

兄がやる気を見せなかったらあきらめます、と、とうとう妹は半分白旗を揚げ、礼を述べて引き上げた。

それから十日ほどして、兄はお願いしたいと言っていますと、けなげな真知から電話があったが、マサ枝はあまり本気にしなかった。

「ねえ、じゃあ、こうしましょう。お写真はいったん、あずからせていただきます。ただ、わたしももうお見合いのお世話をしなくなってずいぶんになるのよ。お役に立てる自信は、あまりないわ。でも、できるだけのことをしてみましょう」

「マサ枝さんなら、いい方を見つけてくださるって、信じています」

「信じられても困るわ。わたしは、魔法使いのおばあさんじゃないもの」

「ごめんなさい。でも、他に頼れる方がいなくて」

マサ枝は肩を落とす津村真知を思い浮かべながら電話を切った。

偶然にも、もうすっかりこの仕事からは引退を決め込んでいたところへ唐突に届いた二枚の写真の、一方はすぐにあずかり、もう一方を躊躇した理由は、はっきりしている。池上智子は、具体的にいつまでに決めたいという意志を口にしたからだ。そういう人は決まる確率が高い。

反対に、真知の兄のほうは、うたがわしい。年齢や離婚歴はさほどの障害にならないとしても、この人には積極性が欠けている。昔はこういう人もなんとかなったが、いまはどうだろうか。けれど、心情的に応援してあげたいのは真知の兄だ。たしかにこの人は誰かの後押しなしには結婚はできない。

マサ枝は鏡台の引き出しから、あずかった書類と写真を取り出して、二つ並べてちゃぶ台の上に置き、ずり落ちかかるカーディガンを直しながら、目の前の写真を見比べた。

この方と、この方。

そう、心の中でつぶやいて、マサ枝は宙をにらむ。そして、また二枚の写真の上に、さっと視線を投げる。

悪くないような気がした。

マサ枝は釣書を見比べた。救いは、女性のほうが、年齢差が十歳以下なら可、離婚歴のある人でもいいと書いていることだ。こういう、間口の広い人は決まりやすい。

わたしに、昔の勘が戻ってくるかしら。

目を瞑《つむ》り、そして見開いて、二つの写真を虚心に眺めていると、なにか光明のようなものがそこに射す気がして、マサ枝の口の端に、小さな笑みが漏れた。

この二人は案外、相性がいいかもしれない。男が押せない分、女がなんとかする可能性がある。

それは、長くこの仕事をやってきたものだけがわかる小さな兆しのようなものだったが、のちにマサ枝が自らを責める原因となったものでもあった。

男女にそれぞれの写真を送ると、池上智子からは、すぐに返事が来た。もちろんマサ枝の予想通り、会ってみたいというものだった。

それからほどなくして、津村真知から、「兄が見合いを承諾した」と連絡が来た。

都内のホテルで二人が会うのは、ひと月後となったが、見合い当日が一週間後に迫ったある日、いつも日用品を調達するスーパーが改装中で臨時休業したため、少し歩く一駅先の店まで買い出しに出かけた折、マサ枝は、そこで偶然にも買い物をする池上智子の姿を目撃した。智子はこの街に住んでいた。

マサ枝は、自分が老齢から来るさまざまな障害を抱えていることを謙虚に受け止めていたから、まず、自分の目を疑った。そして、何回か瞬きを繰り返した後に、眼鏡に手をかけて、その位置を上にやったり下にやったりし、さらに目を細めたり開いたりしてみた。

それから大きく溜め息をついて、買うべきものを忘却して家路についた。

池上智子が、最初に会ったときより格段に太って見えたのである。

もちろん、写真よりもかなり大きく見えた。彼女は太ってしまったのだ。

なんということだろう、と、マサ枝は嘆きながら歩く。

いまどきの若い人には、緊張感というものがないのだろうか。見合いに対して、もっと真剣になることはできないのだろうか。太るなんて。いったいどうして？

内省的な性格のマサ枝は、しかし帰る道々反省した。たしかに池上智子の慢心はあったかもしれない。ひと月半前に比べて若干横幅が広がっていることは間違いないだろう。けれども、ほんとうの油断は、自分のほうにあったのではないか。「いいお話」を進めたいという心ばかりが先走って、実物以上に智子を「きれいなお嬢さん」と思い込んではいなかったか。現役時代のわたしは、こんな「見込み違い」はしなかったものを。

なんとかしなければならない。すぐに、なにか手段を講じなければ。

マサ枝は記憶のデータベースから類似のケースを導き出し、手を打つことにした。

見合いに付き添いで来ることになっていた関口由香に電話をかけたのだ。

「こんにちは。先日はどうも。ええ、そう、来週の日曜日になりましたね。ほんとに。お天気もちょっと、いいといいわねえ。ところで由香さん、今日、たまたまね、智子さんを近くのスーパーでお見かけしたの。少し、疲れてらしたのかしらと思って気になりましてね。そうなの。そうよ、だいじな日の前だものねえ。ゆっくり休まれてねえ、いらしていただきたいと思って。それだけ。それだけなの。じゃあ、ごめんくださいませ」

自分が世話をした男女が、写真とあまりに違う外見になってしまうのは、心臓に悪いものである。

こうしておけば、せめて見合い前に美顔エステに行くくらいの配慮はしてくれる。

いずれにしても、マサ枝はこの二人の見合いを、人生最後の仕事と考えていたので、できれば失敗したくなかったのだった。

当日は、池上智子が関口由香と、津村啓一が妹の真知といっしょにホテルのロビーに現れた。さすがに化粧をして明るい色のワンピースを着た池上智子は、近所のスーパーで見かけたときとは違ってこぎれいに見えた。

津村啓一も、なかなかの好男子ではあった。

付添い人と仲人がいっしょにいたのは二十分ほどで、あとはお定まりの「お二人の」時間になったので、あとの三人は席を立ってホテルの玄関で別れた。マサ枝は、池上智子の表情を見て、彼女は決めるだろうと確信した。

他方、啓一が「好男子」であることが心のどこかにひっかからないでもなかった。一般的に、ああいったタイプの男は、自分からアクションを起こさない。深く考えもせずに、女を待たせて平気でいる。そして気がつくと、待っていたはずの女の姿は跡《あと》形《かた》もなく消えていることになるのだ。

「マサ枝さん!」

声に振り向くと、津村真知が駆け寄ってきた。

「ありがとうございました。とても、感じのいい方をご紹介いただいて」

マサ枝は、この無邪気な娘を見据え、ひと言先手を打っておこうと考えた。

現役時代にはこんな余計なことはしなかったものだが、あれから十年近く経過しているのだし、世の中はたいへんな勢いで変わっている。見合いに関しての知識が、この若い人たちにあるとは思えない。念には念を入れておいたほうがいいと思ったのだ。

「真知さん、少しお話ししておきたいことがあります」

マサ枝は、ホテルから少し離れた地下鉄駅近くの、静かな珈琲店に真知を誘った。珈琲を、外で飲むのは久しぶりだった。こんな賑《にぎ》やかな場所に来るのも、そう頻繁にあることではない。かつての自分だったら、こういうことはしなかっただろうという思いがもう一度胸に湧いたが、放っておけばまた失敗するのが必然とも言える、真知の兄の未来には、見合いを斡旋《あっせん》した自分にも責任があるような気持ちが去らなかったのだった。

「お話って、なんでしょうか？」

「今日の夜中に、おつきあいを続けるかどうかのご連絡をいただけますね？」

「今日の夜、ですか？」

「はい。今日の夜。こういうものは日を置いてから『やはりあの人とおつきあいがしてみたい』と思うものではないのです。先方はおそらくお断りにはならないでしょうから、お兄さんさえ了解なら、おつきあいが始まりますが、一週間以内に、お兄さんからデートにお誘いしてください。休日の戸外が適当でしょう」

「なんだか、細かいですね」

「それが、見合いというものです。見合いは、恋愛とは違います。前にも言いましたが、すべては短期決戦なのです。早く答えを出さなければ、お相手は次の方を探します」

真知は、少しぽかんとした顔をして、口を開けた。

この娘の、なにも考えていないような顔を見ていたら、マサ枝はさらに踏み込んだ発言をしたくなった。こんなことは、あとにもさきにも初めてのことだった。

「それから、もしも、お兄さんがお見合いで結婚なさるおつもりなら、今回の方で決めてください。後はないと思ったほうが無難です」

「え？」

さすがに真知は驚いて、聞き捨てならないという表情になった。

「ごめんなさい。わたしもこんなことを言いたくはないのよ。でも、言わなければならないわ。申し訳ないけれど、お兄さんは条件がよくない。その条件でもいいという三十代の女性はお見合いではなかなか見つかりません。池上さんは結婚にとても前向きです。お兄さんさえその意志があれば決まるでしょう」

「でも、兄がどう思うかは、わかりませんし、あまりうまくいかなかったら、兄にだって次の人を考える権利はあるのでは？」

「権利はあるけれど、機会があるかどうかがわからないわ。恋愛ならあるでしょう。ご本人が探すことができれば。でも、お見合いは違います。いまの人は、お見合いを勘違いしているの」

喉が渇いている感じがして、マサ枝はミルクを入れた珈琲を一口飲んだ。

「恋愛できないから、お見合いでも。そう言うけれど、それは間違っているの。見合いは条件が全て。年齢を重ねれば重ねるほど、条件が悪くなる。だから、見合いでいい結婚ができるのは、若いうちなの」

「でも、うちの父は二度目でしたし、母と出会ったとき若くはありませんでした」

「お母さんは、ご自分が中学生でお父さんを亡くされて苦労されたので、あなたのお父さんの立場にご理解があったのでしょう。いいお出合いでした。一回で決めていらっしゃると思いますよ」

「おっしゃることはわかりました。兄にもその通り伝えます。でも、なんだかだんだん、夢がなくなってきた」

「見合いに夢を求めてはだめ。見合いに求めるのは結婚だけ」

兄が気に入ってくれればね、別に問題ないんですけどね、と、つぶやくように真知は言ったが、あきらかに気分を害しているようだった。

しばらくの沈黙の後、真知は思いついたように、こう質問した。

「マサ枝さんは、なぜ再婚しなかったんですか？」

その答えは、いくつもあるように思えたが、日曜日の昼下がり、人生経験もたいしてあるとは思えない若い女の子に、どれを言って納得してもらえるかわからなかったので、心に去来するさまざまな思いを口には出さずに、マサ枝は冗談めかしてこれだけ言った。

「あんなものは、一度でたくさん」

マサ枝が夕食を終えたか終えないころに、池上智子からは、「お話を先に進めてください」という電話があった。

ほら、わたしの勘は正しかった。

そう思って、マサ枝は少し安心した。決まる人は、どこかから、「決まるオーラ」

が出ているものなのだ。

彼女が示した「今日の夜中」という期限が切れそうな時刻になって、ようやく電話が鳴り、津村真知の、

「兄が、このお話を進めたいと言っています」

という、弾んだ声がした。

「ほんとうに、進めてよろしいの？」

「はい。兄は、おまえにまかせると言っています」

「まかせる？」

「兄の気持ちはわたしがわかっているから大丈夫。自分で、うっかり、かっこつけてストップをかけたりしたくない、ということでしょう」

「うっかり、かっこつけてストップをかける？」

「ええ。『俺は見合いで結婚するタイプじゃない』とか。『もっと自分の人生について真剣に考えたい』とか」

「真知さん、ほんとうにお兄さん、大丈夫なの？」

「ええ。マサ枝さん、兄も男ですよ。ほんとうに会う気がないなら、会いません。押

されて動くのは、その気があるからです」

「まあ、そうね」

「そうですよ」

なかなかこの娘は見合いの基本がわかっている。

マサ枝はなんだか有能な弟子を得たような気持ちになった。若いのに、珍しいことだ。やはり、両親が見合いで結婚しているからだろうか。

「でも、次が難関よ。お兄さんがご自分で、デートに誘わなければならないんだから」

「やらせてみます。わたしは兄に幸せになってもらいたいんです」

マサ枝は、電話を切ってにっこりした。

翌日、いつものように起きて朝ご飯の準備をし、ごはんを小さな飯茶碗に盛って仏壇の夫に供えたときは、じつに清々しい気持ちだった。

なぜ再婚しなかったのかと聞かれて、なんとも答えようがなかったのだが、マサ枝はこの死んだ夫との結婚生活をそれなりに愛していたので、ほかの人と出合おうなどと考えたことがない。毎日、炊き立てのごはんを供え、いっしょに食事をし、寝る前にも一日のことを報告して終わるから、夫が死んでからもまだ連れ添っている気分だ。

　それが日常であり、人生であるわけで、言ってみれば、亡き夫の「不在の豊かさ」と共に、彼女は暮らしている。人によってはそれを「思い出」と呼ぶかもしれないけれど、日々のくらしが思い出と手を取り合って朽ちていくような感覚は、彼女にはなかった。

　むしろ、夫は、いないけれどもたしかにいる存在で、下手をすると生きているときよりもよく彼女の話を聞いてくれる。それなら、夫など生きている必要のないものなのかと問う人があるかもしれないが、そんなことはない。死んだ夫が彼女の愚痴を天国で熱心に聞いてくれるのは、それなりに二人で過ごした長い月日があるからだし、望みうることなら彼女は夫に長生きして欲しかった。

　生きていれば喧嘩もするし、おまえの話はくどいとか聞き飽きたとか言われるかもしれないけれども、そこにはインタラクティブな関わりがあって、――もちろん、彼女は「インタラクティブ」などという言葉で考えたわけではないが――彼女の生活にハリと精彩を与えていたものだった。そして、それこそがいまだに、彼女に夫を「いないけれどもたしかにいる」と思わせる何かだった。

二人で暮らした古い小さなマンションの、あらゆる場所にマサ枝は夫の姿を見つけることができる。

ちゃぶ台の横で不器用に足の爪を切っていたり、ドアを半分開けたままでトイレの便器にしゃがみこんで新聞を読んでいたり、食後に必ず楊枝をくれという声とか、昔ながらのぶかっとしたオーバーを着て、肩越しに手を振りながら出かけていく後姿とか。

そういういろんな夫の姿が、生身の体による動作で更新されていくのを見ることができるなら、マサ枝は幸福だっただろう。

けれども、それは望んでも得られないことだし、他の誰かで代用することも、誰かとともに別の日々を作っていくことも、彼女には考えられないことなのだった。

夫の不在は、彼女の日常の、とても豊かな一部だった。それは、マサ枝にとって、「結婚」から得ることのできたもっとも大切なものの一つだったのである。

そういうわけで、自分の「お見合いおばさん」としての最後の仕事が順調に進んでいると思えていた間は、マサ枝はとても幸福に過ごした。彼女がいかに「うまくやっている」か、若い二人が得られるべき「幸せな結婚」について、毎日、死んだ俊朗《としろう》に報告した。

生前、俊朗は、マサ枝のボランティアについては、「あんたの趣味」と呼んで干渉せず、しかし夫婦で結婚式に参列することになったときは、いつもきちんとしたフロックコートで出席し、淡々と夫役を遂行していたものだった。

結婚式に招かれたら、写真を持っていこうと、静かにマサ枝は夢想した。

津村啓一は池上智子を初デートに誘い、これはマサ枝の指示に反して、戸外ではなく、東京フォーラムで行われた著名な——ということしかマサ枝にはわからない——ジャズ・ミュージシャンによるコンサートだったが、演奏後に二人は銀座のこぢんまりしたスペインバル——これもマサ枝には想像のつかない場所だったが——に移動して軽めの食事とお酒を楽しんだのだと、真知からこっそり報告を受けたマサ枝はご満悦だった。

「智子さんが積極的なんですよ！」

ある日、感極まったような声で真知が連絡してきた。

「なんと、兄は智子さんに誘われて、今日、智子さんの車でドライブに出かけて行きました！」

そうよ、そう。そうこなくちゃ。まあ、昔だったら、ドライブに誘うのは男の人でしょうけれど、いまどきそんなことを言ってはいられない。わたしも現代についていかなくちゃあね。

マサ枝は目を瞑り、かつて彼女がまとめあげた何組ものカップルの初々しい姿を思い出して微笑《ほほえ》んだ。

「うまくいく二人は、最初からとてもうまくいくものなのですよ。あの池上智子さんという方は、しっかり者の典型ね。この節、こういう人でないと、見合い結婚をモノにすることはできないかもしれない。引っ張っていってくれるタイプだと、わたしは初めから見込んでいたんですよ」

常にもないことながら、思わず自慢が口をついて出たが、電話の向こうの真知はそれを嫌味にも取らずに感心し、

「ほんとうにマサ枝さんは、写真を見ただけで相性がわかっちゃうんですね」

と、打てば響くような反応を返したものだから、マサ枝はほんとうにうれしくなった。

「正直、わたしはあんまり、智子さんと気が合いそうにないけど、でも、兄と結婚し

てくれる人なら、だいじにするつもりです」

　真知は、そんなことまで報告してくる。

「そうよ。結婚なんて当事者同士のことですもの。義理のお姉さんなんてものは、誰だって、そんなに気が合うものじゃあないわよ」

　このころになると、マサ枝は、津村真知が自分の娘よりかわいいと感じられるくらいになっていた。マサ枝には娘と息子が一人ずついるが、息子はめったに連絡をくれないし、娘は母のボランティアを端《はな》からバカにしきっていて、いいかげんにおせっかいはやめなさいよ、などと、つまらない忠告ばかりするのだった。

「じゃあ、うれしいご報告を聞くのも時間の問題ね」

「そうなんですよ。わたし、マサ枝さんにお願いしてほんとによかった。こんなに早く、兄にいいお話があるとは思ってなかったから。最近、わたし、おばあちゃんともよく話してるんです。マサ枝さんは、やっぱりすごかったねって」

　マサ枝がその晩、天国の俊朗に長々話をしたのは言うまでもない。

　それゆえ、しばらく後の深夜に、とつぜん池上智子から電話をもらったときも、不安が胸をよぎるどころか、とうとう話が決まったのかと思い込んだほどだった。

ところが電話の智子は、思いのほか暗い声を出していた。

「夜分にすみません。じつは、ご相談したいことがありまして」

と、池上智子は切り出した。

「どうなさったの？」

「あのう、もちろん、ご相談というのは、津村さんのことなんですけれども」

「お話は、いい方向に進んでらっしゃるんでしょう？」

「うーん。進んでることは、進んでいるんですけども」

「いいわよ。なんでもおっしゃって」

「あの人はちょっと、シスコン気味なんでしょうか？」

「なに気味？」

「シスコン気味。マザコンみたいな感じで、妹に対して」

「あ」

「考えてみれば、最初からおかしかったような気もするんです。コンサートのチケットは妹が手配した。食事の場所も妹が予約したって。なんか、要所要所で、妹さんが決めてることが多いらしくて」

「あ」

「照れ笑いみたいにして『妹が決めちゃって』って言うんですけど、そんなこと言われたら、あんまりうれしくないですよねえ」

「はあ」

「ちょっとそこだけ気になってて。なんか、このまま進めて、わたし、いいのかなあと」

「義理の妹なんてものは、誰だってそんなに気の合うものじゃないわよ」

先日、真知に言ったばかりのセリフを、ほとんど変えずに口に出すと、

「問題は妹さんじゃなくて本人ですよ」

と、あきらかにおもしろくない気持ちをこめたトーンで、智子は答えた。

「ねえ、智子さん」

ここは断じて、自分の意見を述べねばならないとマサ枝は思った。話はまとまりかけている。つまらないことで、これを頓挫させるわけにはいかないのだ。

「たしかに津村さんはご自分の主張より、他人に合わせるタイプのようにお見受けするけれど、今後は、もしお二人がそういうことになればですよ、妹さんじゃなくて、

智子さんがいろいろなことを決めるときの手助けをなさることになるんじゃないかしら？ いま、津村さんが妹さんを相談相手にしていらっしゃるのは、しかるべきお相手がいないからじゃないのかしら？ わたし、そう思いますよ」

「ああ、はあ」

思い当たるフシがないでもない、といった相槌《あいづち》を、智子は打った。マサ枝はこの機に乗じて説得すべきだと考えた。

「たいせつなのは、進めてみようというお二人の気持ちじゃないかしら。津村さんとは、お話も合ってらっしゃるんでしょう？ なかなか、いい感じで進んでいるんでしょう？」

「うーん。まあ、わたしはぁ、決める方向でと思ってるんですけど、なんか」

「自分のお気持ちに素直になることがいちばんよ」

「でも、由香っていますよね、お見合いに同席してくれた友だち。あの子も、なんか、シスコンぽいって言うんですよ。ふつう見合いの席に、妹と来ます？」

マサ枝は年のせいか堪《こら》え性がなくなってきていたので、思わず大きな声を上げそうになったが、深呼吸してそれを抑制し、怒りを静めてまた訓戒を垂れた。

「お見合いをなさったのは、智子さんで、由香さんじゃないでしょう？　あなたはその後、二度も三度も会っているわけでしょ。あなたの感覚のほうが正しいんじゃないかしら。『ふつう』っておっしゃるけど、人が百人いたら、百通りの性格も行動もあるんだもの。なにが『ふつう』かなんか、わからないわよ。四十男がお父さんやお母さんの付き添いでお見合いに来るよりも、よっぽどいいと思わない？」

「それは、そうかもしれませんね」

「ね！」

万感の思いをこめて、マサ枝は「ね！」を発音した。見合いをさせてやってくれと言っておきながら、陰でこっそり相手に文句をつけるとは、あの関口由香という人もずいぶん非常識だわ。怒りは腹にふつふつと湧いてはいたが、ともかくこの場は池上智子をその気に引き戻すことに集中すべきだと彼女は自らを律することにする。

「たいせつなことですもの。お迷いになるのは当然ですわ。でもね、智子さん、自分の幸せを考えたら、いちばんだいじなことはお友だちに頼って決めてはだめよ」

「そうですよね。お話うかがって、決心がつきました。わたしはそろそろ彼に両親と会ってもらおうと思っているんです」

力強くそう言って電話を切った智子の口調に、マサ枝はたいへん満足して電話を切ったが、そもそも智子の不安から来る内なる声が「いちばんだいじなことは妹に頼って決めてはだめよ」であったことを、マサ枝は完全に無視していた。

そして、本質的には、そのあたりはどうでもいいと思ってもいたのである。

しかも、この智子の強い気持ちを確認すると、マサ枝はどうしてもアクションを起こしたくてしかたがなくなってきた。

現役時代は、そういうことは本人が本人のペースでと考えていて、けっして口出しをするようなこともなかったが、はっきり言って、こういうことにはタイミングがあって、うっかりそれを逃したためにまとまらなくなったケースが、いくつか脳裏に浮かんでは消えたのである。

自分もあとどれくらい生きられるかわからないし、こんなに気疲れのするお世話は金輪際やめにしたいと思う。けれども、だからこそ、自分の見合い斡旋生活の大団円を飾るものとして、この二人にはなにがなんでも結婚してもらわねばならない。

そう、「なにがなんでも」とまで、このころのマサ枝は思いつめていた。

そして、翌日の夜を待って、津村真知に電話をかけ、そろそろお兄さんはプロポーズをしなければならないこと、そしてそれだけはぜったいに「彼自身がその意志で」しなければならないこと、けっして「妹にせっつかれて」なんてことは言ってはならないことを、よくよく真知に言い含めた。

「おそらく、お兄さんもわかっていらっしゃると思うけれど、こういうことには流れがありますのでね」

と、マサ枝は言った。

「とうとう、そのときが来たんですね。うまくやれるかなあ、兄。ま、二度目だから、なんとかなるかなあ」

聞きながら、こういうことに、二度目だからといって慣れるのもいかがなものかと思いはしたが。

津村啓一が池上智子と婚約したのは、二人が出会って半年後のクリスマス・シーズンだった。

プロポーズの日も、場所も、言葉も、じつはほとんど妹が入れ知恵していたが、そんなことをフィアンセに知らせないくらいの配慮は、啓一もとうぜん怠らなかった。

それに、いくら消極的な人物とはいえ、結婚を決めようというのだから、やはり本人はひととおり悩んだ末に決断したはずである。妹も言うとおり、「お兄ちゃんにはこれが最後のチャンス」だと、彼も思ったのであろう。

これまでも何度か、「結婚するか否か」の決断を迫られることがあり、そのたびに道が二つに大きく分れ、いかんせん、選んだ道が行き止まりで、立ち往生して数年過ぎると、また道が二叉になったりする人生を彼は歩んできたわけだが、もはや、この期に及んでさらに行き止まりや二叉路にぶつかることはないだろう。むろん人生はこの後もさまざまな選択をつきつけてくるだろうが、こと、この件に関しては、これ以上同じような選択肢に出会う必要がなくなるだろう。彼も、そう考えたに違いない。

マサ枝は啓一の決断を正しいと考え、心の底から二人の婚約を祝福した。

最後の大仕事が終わったのだ。

彼女は幸福だった。しみじみと、よいことをしたと思え、池上智子から結婚が決まったという報せの電話をもらったときは涙が出てきた。

その後、二人は律儀にも、智子の両親に報告に行ったその足でマサ枝のマンションを訪れ、ほんとうにありがとうございましたと、頭を下げて帰っていったのだった。

お父さん、見た？

マサ枝は、得意になって勝利宣言をした。

ささやかながら式を挙げるつもりですので、マサ枝さんにはぜひ出席していただきたいと思いますと、啓一さんが言ったわよ。お父さんもいっしょに行くんですよ。

久しぶりに、マサ枝はちまちまと酒のつまみをいくつも拵え、スーパーの酒売り場で買った地酒をぬる燗にして、仏壇の夫とともに祝杯をあげた。

なんとも温かい気持ちになるこの瞬間のために、マサ枝は人生のうちの何年を費やしたことだろう。かつてまとめた、さまざまな縁談の記憶が、彼女の胸に去来した。

それから二、三ヶ月、マサ枝はなんということもなく過ごした。正月は娘の家によばれていき、あわただしくまた帰京した。新しい見合い写真が持ち込まれることもなかったし、その後、娘や息子に問題が持ち上がるようなこともなかった。よしんば写真がやってきたとしても、今度こそお断りする覚悟ができていた。

あれが最後のわたしの仕事。神、天にしろしめす。世はすべてこともなし。

そして、そろそろ同居しませんかという、親切だけれども億劫に感じられる娘の誘いに思い悩んだり、ベランダ菜園に効果的な虫除けを買って喜んだりしているおだやかな日々の中で、近所で用が足りなかった食材の買い出しのために、隣街の大きなスーパーマーケットへ出かけた日、またもや池上智子の姿を発見した。

あらまあ、お久しぶり、と声をかけようと近づいていくと、智子はさっと顔を伏せて、イタリアン食材の売り場から乾物売り場へと移動した。あまりなにも考えずに、マサ枝が乾物コーナーへ回ると、今度はあからさまに急ぎ足で、智子はカートをごろごろ言わせてレジに並び、逃げるように店を出て行った。

避けられているのかしら、わたし。

不安が胸をよぎった。

うまくいっているはずの二人に、なにかあったのだろうか。そういえばこのごろ、あの真知ちゃんが電話をかけてこない。

真知が電話してこないのは、とうぜん、すべてが順調に進んでいるからだと解釈していたのだが、智子の青い顔を見たら、マサ枝は急に怖くなってきた。これまで世話した中にも、婚約も結納もすませ、式を待つばかりとなってから破談になったカップルが、たしか二組ほどあったことを思い出す。

そこまでは、どう考えても見合いをとりもった者の関わるべき問題ではないし、ちょっと暗い表情をしていたからといって、破談になりかけていると考えるのは、もはや自分は神経症気味なのかもしれないと思いはしたものの、気になって気になって、おちおち眠れない数日をマサ枝は過ごした。

智子に連絡してみようかとも思ったし、隣街の「スーパー丸徳」まで出張って行こうかと考えたりもした。しかし、やはりそれは思い直し、気持ちを逸らすよう努力をしてみたが、日に日に胸騒ぎは増し、ほかに考えることもないので妄想ばかりが募り、こんなばかげたことをしているくらいなら、ひと思いに聞いてみるべきだと自らを説得して、マサ枝は真知に連絡をとった。

「あー。座礁してますね」

電話の向こうで、津村真知はあっさり言った。

「え？　座礁？」

「かなり、やばい状況ですよ」

「やばい、状況？」

「でも、わたしも兄に話聞いてたら、兄の言うことももっともだという気がしてきて」

「なにが、起こったの？」

「智子さんは、結婚がしたいんじゃなくて、結婚式がしたかっただけなんじゃないかって、兄は言うんですよ」

「結婚式？」

「すごいですよ、なんか。力、入っちゃってて。でも、うちの兄は二度目なんで、あまり盛大にやりたくないわけですよ。そしたら、『自分が二度目だからって、わたしの結婚式をだめにする権利は、あなたにはない』って、泣かれたらしいです」

「まあ」

「だいたい、思い入れがものすごくて、二十代からコツコツ貯めた結婚費用が、もう三十七だから三百万になっちゃってるんですって」

「あ」

マサ枝は、「見合いサービスにかけるお金があるなら挙式に回したい」と言ったときの、智子の真剣な表情を想起した。

「兄には貯金なんかないんですけど、智子さん、それを聞いたら怒り出したそうです。非常識だって」

「まあ」

「こうなるともうなんだかな〜って感じで、『エンゲージリングだって、ピーティーじゃなくてコンビだったし、メレかと思うようなカラットのソリティアだし、クラリティの低いのにしたのは、式にそれだけのお金をかけるためだと思うから我慢した』とまで言われたらしいです」

「ちょっと、待って、なんですって？」

「ようするに安かったってことが言いたいんだと思います。でも、『自分が全額負担してもどうしてもちゃんとやる』ってきかなくなっちゃって」

「ええ？」

「兄もバカ野郎で、『好きにしてくれ』とか言って智子さんに丸投げしておいたら、ものすごいことになっちゃって、なんだって出合って半年経たない人間二人の軌跡をビデオ製作しなくちゃなんないんだとか、いろんなことで頭がこんがらかっちゃって」

「二人の軌跡？」

「彼女は声楽を習っているので、兄にも練習させて、モーツァルトの『パパゲーノとパパゲーナの歌』を熱唱したらどうかとか」

「パパゲーノ?」

「放っておくと、式場から気球かヘリコプターで飛んでいきそうな勢いで」

「ヘリコプター?」

「兄はさすがにまずいと思って、『他にもお金はかかるし、式の内容についてはいったんすべて白紙に戻して一から考えよう』と言ったみたいなんですが」

「そうねえ、お二人で考えないと、あとあとがねえ」

「『やる気がない』って、智子さんは怒っちゃって、冷戦状態が続いているみたいです。兄はやんなってきて、『だめならだめで』って、ここまで来てまだ態度が決まらなくて」

「結局、そこのところが、智子さんも腹が立つんでしょうね」

「そうでしょうね」

二人は溜め息をついて電話を切った。

挙式の段取りでは誰もが揉めるものだが、ここまで価値観が違うと、たしかに一筋縄ではいかないだろう。

智子の写真をあずかったとき、この顔はすぐに結婚を決める顔だと、長年の勘で思ったのだったが、その理由が結婚式にあるとまでは、見抜けなかった。結婚式を夢見て十数年、これ以上、結婚資金が貯まっていくのには耐えられない、という理由がこの世に存在するとは。

マサ枝はちゃぶ台の前にへたりと座りこみ、両手を脇に落としてぼんやりした。テレビドラマではあるまいし、押しかけていって説教をするわけにもいかない。だいいち、なにを言ってやったらいいのかもわからない。

その日、マサ枝はよく眠れなかった。どうにも合わない二人をお世話してしまったのではないかという自責の念と、せっかくあそこまで行っているのだからなんとかならないものかという気持ちがせめぎあった。むろん、そんなことは、他人のマサ枝が考えるようなことではないとも言えるが、そうして意識を柔軟に切り替えるには、マサ枝はこの仕事を愛しすぎていたし、他にすることもなく、年を取りすぎてもいた。

だから、翌日になってつい「スーパー丸徳」へ出かけてしまったのも、無理からぬことであった。

しかし、じっさいのところ、この翌日から三日も続けて「丸徳」へは行ってしまったのであり、三日も張り込んでいればとうぜん生活必需品を求めて智子はやってくるわけで、こうしてとうとう彼女と話す機会を得たのまでを、無理からぬと言えるかどうかは疑問である。

智子はマサ枝の姿を見ると、こんどは観念したように自ら近寄ってきて、

「じつは、津村さんとは、あんまりうまくいってないんです」

と、言った。

「まあ」

「ちょっと、ここじゃ、なんなので、あっちへ行きましょう」

智子はレジで支払いを済ませると、マサ枝を二階のフードコートへ誘った。

初めて入った、ローストチキンを「クォーター」で注文するようなファーストフード店でのオーダーにまごつきながらも、コカコーラを手に席に戻ったマサ枝は、そこで智子の愚痴を聞くことになった。

「何度も何度も、友だちの結婚式を見てきました」

怨念のこもった声で、智子は訴えた。

「『次は智子よ』と顔を見るたびに言われます。それがもう、何年も続いているんで

す」

「あらまあ」

「わかりますか。結婚式の帰り道に、久しぶりに会った友だちに『次はあなたね』と言われ続ける者の気持ちが」

マサ枝は、わかるとも、わからないとも答えようがなかったので、呻くような息を漏らした。

「無意識、かもしれませんが、あれは悪意です。『わたしたちはもうヒロインになったのに、あなたはまだね』と、優越感を剝き出しにしたプレッシャーです。いまは、結婚適齢期がほとんどなくなっているので、この悪意とプレッシャーはエンドレスです。わたしが結婚式を挙げるまで続くと思うと耐えられない。それが、見合いを決意した理由でした」

「え？　それが？」

「ええ。いけませんか？」

「いいえ、いけないっていうか、わたしは、なんと言ったら」

「だから、結婚式をしないなんてことは、ありえないんです」

二人の間にしばし、沈黙が流れた。

しかし、ストローで飲みなれない冷たいコーラを吸い上げているうち、マサ枝の胸にふつふつと怒りがこみ上げてきた。

なにを非本質的なところで、この人は足踏みしているのだろう。結婚式はなるほど重要かもしれないが、結婚そのものより重要であろうはずがないということは、少しでも頭のある人間ならわかりそうなものではないか。ヒロインなどと言うが、花嫁さんは学芸会で主役を射止めたのとはわけが違うのである。

そんなことで、せっかくのお話が、成婚までたどり着かずに空中分解してしまうようなことがあっていいものだろうか。ここまで、ここまで来ておきながらそんなことをするのは、道義上許されないとは、このごろの若い人たちは考えないのか！

血圧が二十ほど上昇し、コーラが煮えたぎって胃の腑を這い上ってきそうな気がした。しかし、それをそのまま口にもできず黙っていたら、おもむろに智子が口を開いた。

「だけど、もし津村さんがどうしてもって言うなら、海外挙式にしてもいいんです」

「海外、挙式？」

「親族だけで、海外だったら、友だちを招待しなくていいし。きっと津村さんは、新婚旅行とかも真剣に考えてないはずだから、ついでに旅行してくるのでも、いいかなって」

マサ枝の怒りが急激に萎んでいって、それからなんだかこの目の前の女性に同情する気持ちが湧いてきた。

この人はひょっとしたら、思いついたことを躊躇なく口にしてしまう性癖と、やや冷たそうに見える古風な美貌のために、少し損をしているのかもしれない。なぜ津村啓一は、もう少し、この人の気持ちを察してやれないのだろう。なんでもかんでも任せると言われたら、誰だって嫌になってしまうだろうに。

すでに智子が啓一の性向を察し、妥協案を考えているのを見て取ると、マサ枝は少し救われた気がしてきた。

思いやりと妥協は、結婚のもっとも重要な構成要素だからである。

「そのこと、津村さんにはお話しになったの？」

「言おうと思ったりはしたんですけど、もう、なんだか……」

「お話しにならなくちゃ。これから結婚しようというお二人ですもの」

「ええ、それは、そうなんですけど……」

智子は溜め息をついて押し黙り、それから言いにくそうにしゃべり始めた。

「ちょっとわたし、津村さんがあんまり暖簾《のれん》に腕押し状態なので、カッとなってヘンなことを言っちゃって」

「ヘンなこと？」

「指輪のことで、あの、あんまり、気に入ってないようなことを」

「あ」

マサ枝は、智子の薬指に小ぶりで品のいいエンゲージリングをみとめ、真知から聞いたことを思い出した。

そして、兄思いの若い娘から聞く限りでは、言いたい放題の智子という人はすこぶるとんちんかんな印象だったが、美人だけにポーカーフェイス気味に見えるこの女性の心中にも、葛藤があるのだと、唐突に思い至った。

そして、同情に満ちた口調で、こう語りかけた。

「そういうことは、あることですよ、ご結婚なさろうというお二人ですもの。結婚したら、しょっちゅうあるわよ。わたしにおっしゃったことを、そのまま、津村さんにお話しになればいいじゃないの」

「そうなんだけど……」

「ねえ、智子さん。もう少し、肩の力をお抜きになったら？」

マサ枝は右腕をすっと伸ばして、目の前に座っている智子の左二の腕あたりを、勇気づけるようにぽんぽんとゆっくり叩いた。

「お友だちにどう言われるとか、お年がお幾つだとか、そういうことはいったん気持ちから外しておしまいになったら？　そして、津村さんとこの先、いっしょにやっていきたいと思えるかどうか、ご自分の胸にだけ、そっと聞いてみて。お気持ちに素直に、なられることですよ」

「そうなんだけど……」

口ごもってから、池上智子は思いのほか澄んだ目をしてマサ枝を見つめ、意外なことを言った。

「マサ枝さん、あの人、ほんとうに、わたしのほかに、つきあっている女性はいないんでしょうか？」

ないわよ、そんなこと。ないに決まってるじゃないの。

なんの根拠もなく否定の言葉を繰り返し、智子と別れて帰路についたマサ枝は、自分がどのようにして家に帰ってきたかもわからないほど動揺していた。

なにを言い出すのだろう、心臓に悪い。心臓に負担をかけてはいけないと、医者に常々言われてもいる。

あの男に女の影などあってたまるものか。だいたい、もう女はこりごりで、怖くて手が出せないという話だったから、自分が世話を引き受けたはずではなかったか。この期に及んで、あの男はなにをしているのだろう。火のないところに煙を立てるほど、あの智子という女性が啓一に惚れこんでいるというなら、それはそれでどこか微笑ましい気もするが、彼女が理性を失っているようにも見えなかった。

もうこうなるとさすがに、真知に電話して確かめる気も起こらず、あまりのことにマサ枝は翌日から寝込んでしまった。食べるものも全部上げてしまって受けつけない。おなかの調子まで狂ってきた。

娘から電話があったときに、起き上がれなくなった理由を話そうかと思ったが、まだそんなおせっかいを焼いてるのと怒られるのも嫌だったから、どうも風邪を引いたらしいと嘘をついておいた。

ようやく、三日後におかゆを卒業して、白いごはんに佃煮が食べられたときには、ほんとうに人様のお世話はもうやりたくない、と思ったものだ。

そして、ついに固いものも噛めるくらいに回復した日になって、こんどは、津村真知の来訪を受ける羽目になったのである。

玄関先で申し訳なさそうに頭を下げるこの娘の顔つきを見れば、歓迎できそうにない情報を持って来たことは一目瞭然だった。

聞けば、啓一と智子は、結婚式の日取り決定を留保することで合意したという話だった。

「まあ、それは仕方がないんじゃないかしらね」

もっとショッキングな話がもたらされたのかと思っていたマサ枝は、妥当な結論にやや安心したが、目の前の真知は浮かない顔をしていた。

「そうなんですけど、わたしも、ちょっと考えてしまって」

お茶を淹れて差し出すと、真知は湯飲みを両手で包み込むようにして持ったまま、ぼんやりした。

「わたし、ずっと、どちらかといえば兄に同情してて、智子さんが急ぎすぎるんだと思ってたんですけど、なんだか、どうもそうじゃなくて、兄が悪いみたいなんですね」

「お兄さんが、悪い？」

「うちの兄、やっぱり、大バカなんじゃないでしょうか？」

「大バカ？」

「ええ」

そう言うと、真知はまた、しばらく黙り込んだ。そして、初めてそこにあることに気づいたように、仏壇の写真を眺め、兄とはなにも関係のない質問をした。

「マサ枝さん、ご主人との、いちばんの思い出って、なんですか？」

「いちばんの思い出？」

「うん。やっぱり、お子さんが生まれたときとか？　結婚を決めたとき？」

「いろいろありすぎて、なにがいちばんか、わかんないわね。でも、どうなんだろ。神宮球場かしらね」

「神宮？」

「ヤクルト・ファンだったから。仕事してたころは、友だちとたまに行くくらいだったんだけど、定年退職して暇になってから、ときどきわたしも誘ってもらえるようになって」

「マサ枝さんも、ヤクルト・ファンなんですか？」

「チーム名をちゃんと知ってるってくらいにはね。だって、わたし、野球、わからないんだもの。いまだに、ファウルを何回やっていいのかが、よくわからないし、塁に出てる選手が走るときと走らないときの区別が理解できないの。どうして盗塁してもいいのに、フライが上がったときに走っちゃいけないの？」

「説明するのは難しいけど、マサ枝さんが野球をなんにも知らないってことはわかりました」

「主人がただの一度も教えてくれなかったこともわかるでしょ。だって、黙ってビール飲んで見てるだけなんだもの」

「じゃ、けっこう、退屈だったんじゃないですか？　つきあうの」

「そんなことはないの。だって、ナイターって、キラキラしてきれいでしょう」

マサ枝は俊朗がバックネット裏のお気に入りの席で、無言でゲームを見ている姿を思い浮かべた。真知に「いちばんの思い出」を聞かれて、なぜそれを思い出したのか、自分でもはっきりした理由が思いつかなかった。三十五年間もいっしょにいたのだから、ほかにいくらでも思い出はあるのに。

けれど、緑がまばゆいベースボールフィールドを吹き抜ける夏の夜風とともに、丸っこい夫の背中と握られたビールの紙コップと柿の種とざわめく球場の声援を、なんでもない瞬間に、よくマサ枝は思い出すのだった。

「お兄ちゃん、三十代のころに好きだった女性がいたって、わたし、話しましたよね」

唐突に、真知はマサ枝を回想から現実に引き戻した。

「あの、結婚してたっていう」

「離婚したらしいんです」

「あ」

「兄に連絡があったらしく」

「え？」

「兄は動揺しちゃって」

「まあ」

「それで、結婚話が前に進まなくなったらしいんです」

「ほんとうなの？」

「ええ」

「ほんとに、ほんと？」

「ええ」

「あなたのお兄さんは」

「大バカ野郎ですね」

「大バカ野郎だわね」

それからしばらく二人は黙ってお茶をすすっていたが、決定的な結論が出てしまったので、それ以上、話すこともなく、真知は肩を落として帰って行った。

そんなことで動揺するくらいなら、見合いなど最初からしないでもらいたいものだとか、四十も過ぎていつまでそういうことをしているつもりかとか、目の前に啓一がいたら怒鳴りつけてやりたいようなセリフがいくつも胸に浮かびはしたが、それよりなによりマサ枝を打ちのめしたのは、絶望的な無力感だった。

どこかできちんとなにかをあきらめて、おさまるべきところへおさまる。それが結婚というものであったはずだ。おさまってから、なにをしようと勝手とまでは言わないが、ともかくおさまらないことには、なにも始まらないではないか。なんと言っただろう。エンドレス？

マサ枝は池上智子が「丸徳」二階のフードコートで言ったことを思い出した。いまは結婚適齢期がなくなっているので。エンドレスです。

たしか、それは、女友だちに「いつ結婚するの？」と言われ続けるという話の流れの中だったが、津村啓一の優柔不断ぶりを見ていると、まさしく「エンドレス」と思わざるを得なかった。あれではなにも決まるまい。あの男にはなにも決められまい。問題は決められない理由じゃなくて、「決められない」ってこと、そのものなんです。

最初に会った日に、泣き出しそうな津村真知が言った言葉も思い出した。

結婚というものが、かつて持っていた社会的な強制力を失ったいま、人々は「したい」のでも「したくない」のでもない、ただただなにかが「エンドレス」に続くような状況を生きているのだ。

そう思い至ったとき、マサ枝は、「もはやこれまで」と思った。

津村啓一の結婚も、菊池マサ枝のおせっかいも。

もう二度と、この人たちには関わるまいと彼女は決意した。そもそも、関わるべきではなかったのだ。もうとうに、自分は引退しているはずだったのだ。今度こそ、なにがあっても彼らには近づくまい。この人たちのために、おかゆしか食べられない日を三日も過ごすなんてお人よしは、やめにしたいものだ。

ところが、この数日後に、マサ枝はあのおそろしい電話をもらうことになる。


それは深夜に鳴り響き、早くに床についていたマサ枝を叩き起こした。電話の主は、池上智子だった。彼女の声は、心の底から怒っている声だった。

「津村さんには、やはり女性がいました」

開口一番、池上智子はそう言った。

「ごぞんじだったんでしょう?」

あきらかにそれは、言いがかりだった。しかし、驚きでいっぱいのマサ枝は反論する気力もなかったし、相手の女もふつうの状態ではなく、

「わたし、明日、津村さんの会社に行きます。津村さんは社会人としてあまりにも非常識。こういうことは、本人じゃなくて上司の方にでも話したほうがいいんじゃないかと思うんです」

と、言った。

「いや、智子さん、それは、まずいんじゃないかしら」

「でも、わたし、ちょっと、ほんとに気持ちがおさまらないので、止めても無駄ですから」

言うなり、智子は電話を切った。

どうしたらいいのか、まったくわからなかった。

こんなことは、人生初めての経験だった。

ほんとうにすべてのことが、自分の理解を大幅に超えていたので、マサ枝は台所へ行って料理用に使っている酒を一升瓶からコップになみなみと注ぎ、目を瞑って一気に飲んだ。

気がつくと、朝が来ていた。頭の痛みに顔をしかめながらマサ枝は起きだした。ふくらはぎのあたりにもだるさが残っていた。

この日は朝食を摂る力もなく、したがって夫に茶碗飯を供えるのも忘れてしまった。

そうしてしばらくぼけっとしていたが、頭が冴えてくるにしたがって、ある確信が胸に浮かんできた。

たとえば自殺をする人や、殺人や放火などを起こす人は、事件の前に周りの人に「止めてくれ」というサインを出すと、どこかで聞いたことがある。

なぜ、池上智子は自分に電話をかけてきたのだろう。勝手に考えて勝手に実行すればいいものを、なぜ自分に？　しかも、親しい友人ではなく、マサ枝に電話してきた真意は？

止めてください。

智子は、そういうサインを、夜更けの電話で送ってきたのではなかったか。

考え出すと、そうとしか思えなくなってきた。だとしたら、止めなければ。いやいや、もうあの人たちには関わるまい。でも。しかし。

マサ枝はおそるおそる、池上智子の家に電話をかけた。留守電だった。胸騒ぎがした。もしや、智子さんは、すでに……。

マサ枝は決断した。

大慌てで着替えて、津村啓一の勤める丸の内の会社まで、出かけて行ったのだった。これで最後、と自分に言い聞かせた。ここで見張っていて、智子さんが来なければそれで一件落着だし、現れたらつかまえて、落ち着きなさいと言おう。たしかに啓一は男として最低だけれども、会社の上司に訴えるなんて無思慮なことをさせるわけにはいかない。

到着したのは、午前九時を少し回ったところだった。

もしも、すでに智子が来ていたらどうしよう？　それより出勤前の啓一を捕まえることはできないものか？

額が汗ばんで、呼吸も荒くなってきた。オフィスビルの前の噴水の陰で、マサ枝はじっと待っていた。地下鉄駅を上がってすぐのこのビルへ向かう人は、その位置からならばすべて見ることができるはずだった。

待つこと一時間、ハイヒールの音とともに、池上智子が地上出口に姿を現した。

やはり、来た！

マサ枝は、智子さん！　と名を呼びながら走り出した。

途中で足首がぐにゃりと曲がるような感触があり、体が妙なふうに宙に浮いた。

智子さん！

池上智子によく似た三十がらみの女性が振り向き、驚いて口を開けるのが見えた。

その直後に、マサ枝は、昏倒《こんとう》した。

菊池マサ枝は、嫁に行った娘の住む地方都市の、市立病院外科病棟の四人部屋で、ベッドの上に座っている。

まさに、挫折した「見合いおばさん」として。ベッドの一部を覆うように載せられたテーブルの上の、柄つきのコップをぼんやりと握り、目は宙に漂わせたまま。

救急車で運ばれたのは都内の病院だった。大腿骨骨折と診断され緊急手術を施された。

報せを聞いてかけつけた娘が、なにを言いたいかはわかっていたので、怒られるのが嫌さにそっぽを向いていたら、娘は泣き出した。

「お母さん、年取ってから転ぶのは、危ないのよ。命取りなのよ。寝たきりになるかもしれないところだったのよ。リハビリはうちの近くの病院でやってちょうだい。わたし、仕事休めないし、東京じゃあ、お見舞いにも来られないもの。ここの先生にも、もう頼んだから」

そういうわけで、マサ枝は娘の手続きした病院に搬送されたのだった。

娘一家と息子のほかは、訪ねてくる人もほとんどいなかった。津村兄妹の連名で、果物の盛り合わせが届いた。

ベッドで過ごす間、あの、自分の最後の仕事について何度も何度も考えた。偶然にも舞いこんだ二枚の写真が引き起こした騒動のすべてを。どのシーンを思い出しても、苦い気持ちになり、過去の栄光も、もはや色褪せて感じられた。

それからひと月後、マサ枝は退院した。

年齢に比して驚異的な骨密度だそうで、治りも早いと医者には驚かれた。それでも半年は松葉杖が取れなかったので、娘一家と暮らすことになった。婿と孫たちも、そのままいっしょに暮らそうと言ってくれたけれど、マサ枝は東京に戻りたいと思った。

「あんたたちの気持ちはうれしいけど」

と、マサ枝は言った。

「東京のマンションには、お父さんがいるような気がするから」

住み慣れた家に戻り、窓を開けて空気を入れ替えた。仏壇の夫は、無言で笑っているだけだった。

東京へ帰ってまもなくのこと、マサ枝は郵便受けの中に一通の墨文字の封書を発見した。

裏返すと、津村真知と、知らない男性の名前が連名で印刷されていて、封印がわりに金色のシールが貼ってあった。

マサ枝はいそいで部屋に戻り、ペーパーナイフで封書を開いた。

中には結婚式の招待状と、小さな字でびっしり書かれた便箋が入っていた。

「菊池マサ枝さま
ごぶさたしてます。
お怪我の具合はいかがですか？　お見舞いにうかがわなくて申し訳ありませんでした。それに、兄のことも、ほんとうにすみませんでした。マサ枝さんが、兄の会社の近くで怪我をされたと聞き、ひょっとして兄に忠告をしにいらしてくださったのではないかと、ずっと気になっていました。ご迷惑をおかけして、ほんとうに申し訳ありません。

でも、今日のお知らせは、わたし自身のことになります。

結婚することにしました。お差し支えなければ、披露宴にぜひ出席してください。

彼は、いっしょに介護福祉士を目指している仲間です。

わたしは一生結婚するつもりがないと、以前、お話ししましたね。結婚なんて、煩わしいだけだと思っていたわたしが、彼のプロポーズを受ける気になったのは、マサ枝さんのおかげです。マサ枝さんがとてもだいじに思っている結婚というものを、いろいろある人生のオプションの一つとして、やってみたいような気がしてきました。

わたしは、兄を見ていて、若いときはいいけど、年とってから一人はさみしいんじゃないかなと思っていましたが、結婚してもしなくても、人は、年をとれば一人になる確率が高いんですよね。

年とったときに自分を支えてくれるのは、誰かといるかどうかじゃなくて、それまでどう生きてきたか、なんじゃないかと思ったのです。

そうなると、結婚や家族を持つという体験も、体験より冒険、みたいな感じですが、やってみてもいいかなと思えてきました。

披露宴会場は神宮球場の近くなので、デイゲームの歓声が聞こえるかもしれません。

それから、ちょっとおもしろいことが起こりました。

マサ枝さんが怪我をされたのとちょうど同じころに、兄が智子さんからエンゲージリングを叩き返されてしまったことは、お話ししましたっけ。

例の離婚した女性は、兄をちょっとだけ動揺させた直後に、また別の人と結婚しました。

ところで、二ヶ月位前のことですが、兄が呼び鈴に応じてドアを開けると、そこに荷物を持った智子さんが立っていたのだそうです。

兄は智子さんに帰ってくれとは言いませんでした。

いまだに、出て行ってくれとは言っていません。

ようするに、智子さんは、その日からずっと兄の部屋に住んでいるのです。

この先どうなるかはわかりませんが、なんとなく、兄はうれしそうです。

智子さんがいまだに結婚式を夢見ているかどうか、わたしは知りません。わたしの披露宴に来てくだされば二人に会えますので、もしよかったら、マサ枝さんから、聞いてみてください。

津村真知より」

マサ枝はその手紙をゆっくりと三回読み返し、微笑んで封筒にしまった。カレンダーを数枚めくって、吉日のその日に丸をつけた。同封されていた葉書の「出席」に丸をつけ、「謹んで」「させていただきます。」と書き加え、近くの郵便ポストに出しに行った。まだ少し足が痛んだので実行にはうつせなかったが、できることならスキップして歩きたいような気持ちだった。

ポストから家に帰る道すがら、マサ枝は空に向かって小さくつぶやいた。

あれがわたしの最後の仕事。

お父さんもいっしょに行くんですよ。

葬式ドライブ

祭壇は会議用のテーブルに白いクロスをかけて、花と燭台を置いただけのシンプルなものだった。棺がその上に安置され、テーブルの脚を隠すように花を挿した細長いブリキ缶が二つ置かれている。

いかにも大勢写ったものから引き伸ばして切り抜いたように見える額装された遺影といい、全体に簡易すぎる味気なさがないではなかった。

そのぶん薄められているのは、それが葬送の式典だという重々しい雰囲気で、外光がたっぷり入るように設計された川べりのグループホームの、ふだんはくつろいだり、作業をしたりするために広々とした間取りになっている二十畳ほどの部屋は、その日も陽光が差し込んでフローリングの床を暖めていた。

東側の壁の前に祭壇と棺が置かれ、授業を受けるか講演でも聴くのかというような形に、椅子が並んでいた。佐々木直之《ささきなおゆき》は誰にともなく一礼をして、それから部屋に入った。

「よく来てくださったわね」

たしかに三ヶ月ほど前に挨拶をしたことのある、ぽっちゃりと太った中年女性が言った。

「お電話でも話したけど、宇都宮《うつのみや》さんがドライブのことよく覚えてらしたもんだから」

「あの、これ」

直之は、葬儀を仕切ることになっているらしいその女性に、包みを突き出した。

「後で渡そうか迷ったんですけど、斎場で時間のあるときに食べてください。おばあちゃんが、ゆかりさんがそう、言ってたんで」

「宇都宮さんが？」

「私のときは、浅田屋の塩大福にするのって、そう、言ってたんで」

不思議そうな顔をして、中年女性は包みを受け取り、じゃあ、斎場でいただけばいいのね、と自分に確認するような口調で言った。

「そのこと、もう一回、斎場へ行く前に言ってくださる?」

首をかしげて歩きかけた彼女が、振り向いて念を押したので、直之は静かに礼を返しながら、余計なことをしたかと不安になった。

葬儀は十一時からと聞いていたのに、なかなか始まらなかった。

仕事を途中で切り上げてきたらしい、施設のスタッフやボランティアが、それぞれ少し遅れてすまなそうに入ってきて、ほんの十脚ほどしかないパイプ椅子を満たしたのは、十五分ほど経ってのことだった。

お経を読み上げるお坊さんのような存在もなく、祭壇には焼香用の香炉も置かれていない。ただ、ボランティアらしき若い女の子が運び込んできたキーボードがあたふたと設置されて、それではみなさん、宇都宮ゆかりさんのお別れ会を執り行いますと、さきほどの中年女性がマイクを握ると、あの、キーンと耳をつくハウリング音がして、その場にいた十人は居住まいを正した。

「本日、宇都宮ゆかりさんのお別れ会にお集まりいただいたのは、みなさん、どなたも宇都宮ゆかりさんと個人的に親しくおつきあいされた方ばかりです。故人との交流を思い出しながら、気持ちの通った会をさせていただければと思っております。宇都宮ゆかりさんは、特定の宗教をお持ちではありませんでしたし、ずいぶん以前にご親族を亡くされて、現在はお身内とお呼びできる方がございませんので、私ども『つたのは会』のほうで、なるたけ儀礼的なことではなしに、このように少人数での無宗教葬ということで、みなさまにお集まりいただいております」

『つたのは会』というのは、このグループホームの母体になっている法人の名前だった。どこかたどたどしい、とってつけたような司会だったが、ここでいったん言葉を切ると、彼女は斜め後ろのキーボードの女の子に目で合図を送った。

キーボードの彼女は小刻みにうなずいてみせて、しずかにプロコルハルムの「青い影」をゆっくり弾き始めた。

その少し間延びしたような音を背景に、司会の女性は話を続けた。

「宇都宮ゆかりさんは、昭和六十二年に、当会『つたのは会』が運営しております『つたのは苑』に入られまして、『つたのは苑』が、平成八年に全面改装とともに現在の『アイビーホーム』となりましたときにも、引き続き入居いただいて、そのころから当ホームが積極的に始めましたお菓子作りですとか、そのかわいらしい包装などに、独自のアイディアを尽くされました。

平成十四年に、『つたのは会』が新しくグループホームを設立して、自立度の高い入居者の方に個のスペースをたいせつにした少人数施設のご提案をさせていただきましたときに、こちらへ移られるという意思を示されましたので、現在のこの『パッサージュ・あいびい』のほうに、入居される形になりました。

こちらへ移られましても、『アイビーホーム』での無添加素材を使ったお菓子の作業などにも参加いただき、また、一人の時間には絵を描いて過ごされるなど、たいへん情緒面の豊かな方で、心不全で亡くなられる朝まで、楽しそうに有意義に過ごされまして、お部屋に戻られてから、眠りについてお亡くなりになった、たいへんお静かな、苦しまない最期を迎えられました。大正十三年のお生まれですので、享年八十一歳のご長寿でした」

黒ではなく白い額に入れられ、銀色のリボンをかけられた宇都宮ゆかりさんの写真は、どこかあらぬ方を見つめて何か言いかけているような、しかしそれでも口の端に笑みを浮かべた表情で、直之はあのおばあちゃんが、案外なぞなぞのようなものが好きな、よく笑う人だったことを思い出した。

お近くで、最後のお別れをなさってください、という言葉にうながされて、その場にいた人々は立ち上がり、棺を囲んだ。司会の女性が、棺の上部の小窓を広げて、おととい の朝眠ったたままになったという宇都宮ゆかりさんの顔が見えるようにした。

棺の中にはすでに花が敷き詰められていたけれど、ブリキの細長いバケツに無造作にさしてある百合やカスミ草や直之の知らない藤色をした花を、みんな二、三本ずつ引き抜いて、花バサミで茎を短くしては棺に入れた。

「お花の好きな方でしたから」

と、司会の女性が言った。

直之も花を手にとって、三ヶ月ぶりで再会した彼女の顔を眺めた。

それはたしかにおだやかな寝顔で、施設の職員がほどこしたのだろう薄い化粧のおかげで、まだ息があるかのようだった。品のいい薄いピンク色の口紅が白髪によく似合った。宇都宮ゆかりさんは、きれいなおばあさんだったのだ。

いっしょにグループホームで暮らしている、入居者らしき人物が四人列席していて、そのうちの一人が少女のように泣いているのを、施設職員がこれまた少女をなだめるように背を撫でてなぐさめていた。

彼女のほかには、涙を流している人はいなかったが、やはり入居者の一人らしい老齢の女性が、なにかに憑かれたようにバケツから花をとってはハサミで花の部分を切り、ていねいに埋め込むようにして棺に入れていた。

キーボードの女の子はその間ずっと、「亡き王女のためのパヴァーヌ」とか、「パッヘルベルのカノン」とか、そんなおとなしい曲を流していた。

「それじゃあみなさん、お席に戻ってください。ここでみなさんから一言ずつ、故人との思い出など語っていただこうと思うのですが」

そう、司会の女性が言い出したので、直之は驚いた。そんなことはまるで聞かされていなかったし、だいいち自分が宇都宮ゆかりさんと過ごしたのはたった一日、いや半日のことなのだから、故人の「思い出」といったって。

けれども次々に椅子から立ち上がって、思い出を語り始めた職員やボランティアや、ケアワーカーにうながされて「うつのみやさん、さようなら」と言う入居者たちを見ていたら、そんなに肩をいからせるほどのことではないのだという気がしてきた。

「私は『アイビーホーム』で、クッキーやパウンドケーキ作りを担当しています。宇都宮さんはとても手先の器用な方で、絵心のあるおばあちゃまでしたから、焼きあがったクッキーにアイシングをされるときの、とても他の方ではなさらないような色のつけ方ですとか、デザインみたいなものが、ユニークで心に残っています」

「『アイビーホーム』では、焼きあがったお菓子の包装のお手伝いを担当しています。やっぱり、宇都宮さんはとても包装とかも、すごくおじょうずで、楽しそうにやってらっしゃったのを思い出します」

「『パッサージュ・あいびい』で、お食事を担当しています。宇都宮さんは茶碗蒸しがお好きで、茶碗蒸しをお出しすると、とっても、少女のように喜んでめしあがってくださいました」

といった、「思い出話」に続いて、なにか言うようにうながされた直之は、不調法な音を立ててパイプ椅子からたちあがり、三ヶ月前のドライブを思い出して、たどたどしく発言を開始した。

「みなさん、あの、ナポレオンがなんで赤い革帯してるか、わかりますか?」

その場にいた十人の参列者は、虚をつかれて困った顔をした。

「あの、僕が、おばあちゃん、宇都宮さんを、ある場所に、車に乗せて、連れてったときに、そう、おばあちゃんが言ったんです。なぞなぞっていうか」

そういってしばらく黙っても、その場の反応はとくになくて、みんな静かに次の言葉を待っているようだった。

「『ナポレオンがなんで赤い革帯してるかご存知？』って聞かれて、『わかりません』って言ったら、すごくうれしそうにして、『ズボンがおっこちないようにですよ』って」

そこまで言うと、まばらな、けれどもどこか励ますような好意のある失笑が漏れて、直之は気持ちをラクにして、席に座った。

「あの、それだけですか？」

と、司会の太った女性が言い、今度は会場の人々が安心してよく笑った。

「それじゃ、最後にみなさんで、歌を歌ってお別れしましょう」

そう司会の女性が言うと、一人ひとりに歌詞カードのようなものが配られ、キーボードの女の子がマイクを握った。

「私は月に一回だけ、『アイビーホーム』にミュージックタイムのボランティアに行ってます。宇都宮さんは、ミュージックタイムには参加してなかったんですけど、私がたまたまちょっとテレビ室でのんびりしてたときに、たぶんお菓子作りの作業の後かなんかの宇都宮さんがいて、いっしょにテレビ見てたんです。そのとき、たしかスケートの、フィギュア・スケート大会の、かなり前のだから録画だと思うんですけど、白い衣装の村主章枝がこの曲で滑ってたんです。そしたら宇都宮さんが歌い始めて、すごく、おばあちゃんなのに音程とかもはっきりしてて、きれいな声だったたんで覚えてるんです。だから、今日は宇都宮さんといっしょに歌ってるつもりで、これをみんなで歌いたいと思います。最後の四小節だけ弾きますから、そしたら入ってください、じゃ」

直之は手元の歌詞カードに目を落とした。「浜辺の歌」の歌詞が書いてあった。

キーボードの彼女はさすがに、そういう施設のミュージックタイムを仕切るのに慣れているらしかったし、歌うのはおもに施設職員たちだったたから、意外にも最初からきちんと声が出て、葬儀に参列した人々はそのゆっくりした調子の唱歌を、天国に召される宇都宮ゆかりさんのためにいっしょに歌ったのだった。

佐々木直之が宇都宮ゆかりさんと出会ったのは、三ヶ月前、大日エージェンシーに就職して初めて迎える夏のことだった。

ある日の夕方、直之は、上司から奇妙な命令を受けた。二日後の朝、老女をひとり、葬式に連れて行くこと、という内容だった。手渡された封筒には、「福祉車両を手配して、告別式に参加、必ず火葬場までお連れし、お骨拾いするのを見届けてからすみやかにその女性の暮らすグループホームに送り届けること」という注意書きが、グループホームの住所と告別式場の地図、緊急時の連絡先のメモとともに入っていた。書面の左上には、「重要」と赤マジックで書かれていた。

外回りから戻った課長の柏原《かしわばら》の説明によれば、品川の康安寺でしめやかに葬儀が行われる予定の川田作蔵《かわださくぞう》は、現・川田工務店社長の父親で創業者である。川田工務店は大日エージェンシーの取引先の一つであるばかりではなく、作蔵氏と大日エージェンシーの会長がかつてのゴルフ仲間だったそうで、訃報を聞いたとたんに会長は、「川田が死んだからには、わしにはやらねばならぬことがある」と言い出し、横浜のグループホームで暮らしている老婦人を通夜と告別式に連れて行くと言い張ってきかなくなったのだそうだ。

会長自らその使命を遂行することすらやぶさかではない、車椅子積み込み式ではなくリフトアップシート車を手配するようにと、頭のはっきりした老人は言うのであったが、意思はあっても会長自らが杖なしでは歩けない状態で、しかも告別式の日に外せない懇親会が重なっていたとかで、川田工務店を担当する営業第三課の、直接の窓口である佐々木直之が、実行部隊として抜擢されたのだった。

「その、老婦人って何者なんですか?」

という、直之のごく自然な疑問に、

「宇都宮ゆかりさん」

と答えたのが柏原課長で、

「恋人かなんかじゃないの?」

ロマンチックな想像をしてみせたのが隣の席にいた同僚の渡辺《わたなべ》だった。

直之がその社命を受けた翌日、お通夜に会長のお供をして出向いた営業事業部長の浜田《はまだ》が言うには、宇都宮ゆかりさんは川田作蔵氏の「ちょいとワケあり」な人で、もうお年で夜の外出は控えたほうがいいという医師の判断もあり、参列は日中に行われる告別式のみになったという。

「身体はわりあい丈夫なんだけれども、お耳がちょっと遠いらしい」

部下が残業しているところへお通夜の酒で顔を赤くして戻った部長は、たいして役に立つとは思われないそんな情報と、明日には直之ももらえるはずの、会葬御礼のお茶を持ってきた。

告別式には、大日エージェンシーの人間は誰も行かないということだった。その日はあいにく社内のかなりの人数が駆り出されるイベントとかさなっていたから、新人の直之くらいしか、宇都宮ゆかりさんのお世話をできる手がないということらしい。とにもかくにも福祉車両を、練習する意味でも一日前から借りておいたほうがいいという判断で、そのシルバーの車を運転してアパートへたどり着いた直之は、翌日たち現れる事態を考えて、なんだか憂鬱な夜を迎えた。

学生時代から住み着いている白山の自宅に近いコインパーキングに車を一泊させ、翌朝九時に家を出て、横浜のはずれにあるグループホームにお迎えに行き、品川の康安寺に十一時に到着する。告別式が済んだら、先導するマイクロバスの後にくっついて斎場へ。お骨拾いの後、また横浜のホームに送る。そして一日が終了。いや、余裕をみて、八時半には出発したほうがよさそうだ、と眉間に皺を作って考える。

「マイクロバスの後にくっついて斎場」が、とくに不安だ。地図をもらえればまだしもだけれども、ただただマイクロの後に続いていって、いつのまにか目の前を他の車がふさいでしまったらどうしよう？　だいいち福祉車両なるものが、素人に簡単に扱えるものなのか？　説明書どおりに何度もレバーやリモコンを操作して確認してみるものの、人を乗せたことがないので、なんとなく心もとない。

気持ちを切り替えて就寝することにしたけれども、クライアントの依頼とあればなんでも「喜んで！」と笑顔でやらなければならない業界に就職してしまったことを、この日も少しだけ、直之は後悔しながら眠ることになったのだった。

翌朝は、緊張して早く起き、もう一度リフトアップサイドシート機能を練習して、それからおもむろに出発した。

横浜といってもそこは大和市に近い外れで、第三京浜を下りてからけっこうな田舎道を行くことになった。しばらくすると、いかにも新興住宅地らしいひらがなだらけの私鉄駅があり、通り越してから川に向かって直進すると、指示されたとおりクリームイエローの壁に白いスレート屋根の平屋がみえてきた。

玄関の前には車椅子で上がれるスロープがついていて、いかにもバリアフリーの新しい建物だったので、間違わずにたどり着き、第一関門を突破しつつあることに、直之は少しだけほっとした気持ちになった。

「ボランティアの方ですね」

応対に出てきたケアワーカーらしき人物が言い、いいえ、僕は宇都宮ゆかりさんをお迎えに来た大日エージェンシーの佐々木です、と答えると、その人はちょっと変な顔をして、ですからボランティアの方でしょ、と念を押す。

「告別式にお連れすることになっています」

と、戸惑いながら口にすると、

「そうでしょ。お待ちしてたんですよ」

ケアワーカーは安心したような顔をした。

う・つ・の・み・や・さーん、と、一語一語切れるような呼び方をして、彼女は奥に入り、み・え・た・わ・よおー、と続けながら、直之を招きいれた。

玄関から段差のないその家の中は、大きな窓からたっぷり光が入り、思ったよりずっと快適そうな新築である。広々としたダイニングキッチンの椅子にぽつんと腰かけて窓の外の川辺を眺めていた宇都宮さんは人の気配にゆっくり体をこちらに向け、悠然と微笑《ほほえ》んだ。

「お薬、飲んだ？　宇都宮さん」

そう、女性職員がたずねると、宇都宮さんは耳を突き出すようにして、もう一度同じことをたずねられる間注意深い表情をし、それからうんうんとうなずいてみせた。

「こちらがね、今日ね、いっしょにお葬式に行ってくださる方。佐々木さんって、おっしゃるんですって」

また、耳を突き出す仕草を宇都宮さんはする。ですからね、佐々木さんとおっしゃって、いっしょにお葬式に行ってくださるんですって。

ようするになんでも二回は繰り返さないといけないらしい。

宇都宮ゆかりさんは、真っ白な髪を短く切って、長袖の黒いワンピースを着ていた。あきらかに、若いころは美人だっただろうと思わせる整った顔立ちをしていたし、腰が曲がっているわけでもなくて、女性職員が手を差し伸べると、立って自分で歩いた。

車椅子はお使いにならないですか、と訊く直之に職員は、歩かれるんですよ宇都宮さんは、と誇らしげに言い、でも今日は疲れるかもしれないから、持って行って途中移動のときには使ってあげてくださいとつけくわえた。

車内冷房は弱めにつけてあげてくださいとか、今日はパッドをおつけしているので多少失禁があっても大丈夫ですが、飲食の後は必ずお手洗いにお連れしてくださいなどの、細かい指示があり、紫の袱紗《ふくさ》に包んだ香典が手渡された。なんだよそれ、案外やることがいっぱいあるじゃないか、と頭の中で直之はちょっと毒づいてみる。

「なにかあったときのために、携帯の番号教えていただいてもいいかしら」

そう、中年女性に言われて、直之は名刺を取り出し、名前の下に自分の携帯ナンバーを書いて渡した。それから練習したとおりに助手席の椅子を回転させて下ろし、ゆっくり歩いてきた宇都宮ゆかりさんの手をとってそこに腰かけるのを介助すると、その腕は細くて軽かった。直之の祖母は、もうずいぶん前に亡くなっていたので、おばあさんの身体に触れるのが初めてのように感じられた。華奢でもろそうな身体は、守ってあげなきゃという気を起こさせるにはじゅうぶんだった。

ただ、横に座ってにっこりしているおばあさんと、品川までの道のり、なにを話せばいいのかは見当もつかなかった。

最初の十分ほどは、宇都宮ゆかりさんはただにこにこしていた。

機嫌がいいのは、悪いことではないと、横で運転する直之は考えた。

それでもなんとなく気詰まりで、音楽でも聴きますかと言おうとして、ああこの人は耳が悪かったのだと思い直し、なにか話しかけたところで聞こえないかもしれないと、消極的な方向に思考を持っていこうとしているところへ、とつぜん宇都宮ゆかりさんが口を開いた。

「あなた、ナポレオンがどうして赤い革帯締めてるか、知ってらっしゃる？」

それがあまりに意表をついた質問だったので、運転席の直之の口からは「へっ」という、答えとも息ともわからない空気音が漏れた。

「ねえ、あなた、ナポレオンがどうして赤い革帯締めてるか、知ってらっしゃる？」

しばらくして、宇都宮ゆかりさんは、もう一度同じ質問をし、ぽかんとしている直之に向かってうれしそうに笑ってみせた。

「赤い帯、してましたっけ？」

ややあって、直之がそう聞きなおすと、もう返事などどうでもいいと思っているのか、すました顔をして、

「そりゃ、ズボンが落っこちないためですわ」

いったいどういう反応をしたものかと、ハンドルを握ったまま硬くなる直之の横で、宇都宮ゆかりさんは、ホホホと上品に口元を手で隠して笑った。

品川までの道のりを、ひたすら老婆と赤い革帯とナポレオンのズボンについて考えながら運転する羽目に陥ったが、おばあさんのほうはどうしたことか、それだけ言うと眠気を催したらしく、その後何も言わないまま居眠りを始めてしまった。

このままずっと眠っていてくれればいいが、と直之は思った。ただでさえ、地図とにらめっこしながら行ったことのない場所へ運転しなれない車を転がすのは苦痛であり、そのうえに謎々だか冗談だかわからないことを八十の老婆に聞かされるのはなんともいえず気味の悪いものであって、とにかく早く寺にたどり着きたいものだと願ったのが聞き届けられたのか、康安寺には予定より三十分も早くついてしまったのだった。

康安寺は古い寺で、広い境内に花輪や提灯がずらりと並んでいた。川田作蔵のために告別式に訪れる人は、それでももうかなり集まっていて、香典を手にした喪服の人々が、それぞれ「親族」「会社関係」「一般」と墨で書き分けられたテントの前に列を作ってもいた。

直之はハッチを開けて畳んで入れてあった車椅子を引き出し、助手席近くで広げてからドアを開けて、宇都宮ゆかりさんの椅子を回転降下させた。シートベルトをはずすと、宇都宮さんは直之の腕につかまってゆっくりと立ち上がり、一歩一歩踏みしめるようにして前進して、車椅子にまた悠然と腰をかける。

車椅子を押しながら、

「宇都宮さんは、川田作蔵さんのご親戚ですか?」

耳元で大きな声を出すと、例のごとく顔半分をひっぱりあげるようにしたので、

「川田作蔵さんは、ご親戚ですか? それともお友だちですか?」

しかたなくもう一度大声を出したら、目をぱたぱた三回ほどしばたいて、

「知らないわ」

宇都宮ゆかりさんは、きっぱり言った。

面食らった直之は、とりあえず「一般」に並ぶことにした。

自分自身も、会社からということで香典を持参してはいたが、宇都宮ゆかりさんを放っておいて、「会社関係」に並ぶわけにもいかないので、「一般」受付で、僕ほんとはあっちなんですがこの方がこっちでこの方のお世話をしなくちゃならないんでこちらで受け付けてもらえませんか、と言ってみると、香典係をしていた気のよさそうなおばさんは、いいですよ、と言って二人分を受け取り、会葬御礼のお茶も二つ寄越し

て、そいじゃお席左側です、と教えてくれた。

お経だの、焼香だのが始まるまでは少しあるようだった。幸い、畳敷きの上にカーペットが敷かれ、その上にパイプ椅子が並んでいた。直之は入口で車椅子から宇都宮さんを降ろし、列のいちばん後ろの、端の席へ誘導した。

葬儀会場はいつのまにか人でいっぱいになった。

「お通夜には三百人くらいみえたそうよ。ふつうは家族葬と社葬と、二度にわけるよねえ」

と、隣に座った一般客のひとりが、聞きもしないのに教えてくれた。

祭壇の右側に、喪主と遺族が整列して座った。

喪主は長男の現社長、川田雄一《ゆういち》氏で、その隣が作蔵氏の未亡人、そのとなりが雄一氏の妻と子どもたち、おそらく雄一氏の兄弟と思われる年齢の男性、女性が席についていた。

ハンカチで目と鼻を押さえている作蔵氏の妻の前に、袈裟をまとった坊さんがあらわれると、あちらこちらでざわざわ音がして人々が立ち上がったので、直之も急いで腰を上げた。宇都宮ゆかりさんは椅子に座ったままだったが、周り中が立ち上がってもどうということはない様子で首をちょっと曲げたポーズでこの光景を見守っている。

一族が礼をし、坊さんも礼を返した。

「ご列席の皆様、どうか合掌をお願いいたします」

と司会の男が言い、導師が合掌して頭を下げた。

会場の人々は神妙な顔をして、手を合わせる。

「お経が始まるの、やだな」

声がしたので、直之はびっくりして隣を見た。

宇都宮ゆかりさんは、首を右側に傾けたまま、ほんとうにいやそうに口を尖らせている。

直之はなにも聞かなかったふりをして、合掌のポーズをとり目を瞑《つむ》った。

「みなさま、それではこれより、故・川田作蔵様の葬儀を執り行います。ご着席ください」

の指示に合わせて、黒い集団は席に着いた。

その間も、宇都宮ゆかりさんは、例のポーズで不満げに椅子に座っていた。

鉦と木魚の音がして読経が始まると、宇都宮さんは「あーあ」と溜め息をついた。

ほんとに嫌いなんだな、と直之は思い、自分もお経など好きではなかったので、ぼんやりと想像をめぐらせてみることにした。

川田作蔵氏と宇都宮ゆかりさんは、同世代といえなくもないようであった。

もし、同僚の渡辺が言うように宇都宮さんが川田氏のガールフレンドだったら。

お経の途中で直之は宇都宮さんをちらりと見た。この想像はなんとなくお経を聞く地味な気分を盛り上げてくれるものだった。

いったいどのようにして川田氏と宇都宮さんは知り合ったのか。老人同士の、お見合いパーティーみたいなものかもしれない。あるいはどこかで偶然出会うとしたら、老人たちの社交場、病院かもしれない。

病院の待合室で、宇都宮ゆかりさんをナンパする川田作蔵じいさんを、直之は二十代の想像力で思い浮かべた。

座っている場所からは、川田氏の写真がそう近くに見えたわけではないが、頭のてっぺんに白い毛が泳ぐ程度にのっかっていて、頑固そうな表情の川田氏の口元は、歌舞伎役者が見得を切るときのように、への字を極端にした形に歪んでいた。

（おばあさん、お茶を飲みに行きませんか？）

白髪で眼鏡をかけた川田氏が、渋い表情のまま、首をひょこっと曲げた宇都宮さんに声をかける。宇都宮さんはもじもじして、体の向きを少し変えたりする。いくら老人同士とはいえ、初対面の女性に「おばあさん」とは声をかけないだろう。とすれば、もしかしたら、あの世話好きな大日エージェンシーの会長がとりもった関係なのかもしれない。

（あのばあさん、いいな）

直之の頭の中で、への字口の川田作蔵氏が言った。

（じゃあ、わしが話つけてやる）

会長が言い、杖をついて歩き出した。

（ここにはよく通っておられるんですかな）

会長が訊ねると、宇都宮さんが体全体をひっぱりあげるようにして（はい？）と言う。

（ここには、よく、通っておられるんですかな？）

（ええ、ええ、月にいっぺん、検査でね）

（そうですか、そうですか。まあ、こちらも検査でよく来ておりますが、病院の待合

室ちゅうものは、いつ来ても退屈ですな）

（私、待合室とお経は、おんなしくらい嫌いですの。なにかおもしろいことがあればいいんですけれど）

（あーそりゃよかった。実は、おもしろい男がおりましてな）

（はい？）

（ご紹介したい男がおるんですがな）

照れながら気を揉むへの字口の川田作蔵が、待合室の隅に立っている。

直之は下を向き、笑っていることが誰にもばれないように内側から両方のほっぺたを噛み、自らの想像力の余韻に浸《ひた》った。

社員総会などで会ったことも話を聞いたこともある会長を登場させたおかげで、シチュエーションはずっとリアリティを増したと、直之は自画自賛した。

退屈なお経に混じって、横でぴちゃっぴちゃっという音がするように思い、心配するふりをして宇都宮さんを見ると、今度は完全に目を瞑っているかわりに、定期的に口を少しだけ開け、それから下唇で上唇を包むようにしてぎゅっと閉じ、揉みこむように下唇の筋肉を動かす、ということをおそらく無意識にやっていて、開けた口を閉じるときにその小さな音を立てているのだった。

チーンと鉦の音がして、それが場の空気を揺らすようにして消えていき、どうやらお経が終わった。

「それではここでご友人の木下澄夫《きのしたすみお》さまより、弔辞を賜りたいと思います」

司会に呼び出されて出てきたのは、老齢ではあるけれども足取りのしっかりした男性で、マイクを握ると大きな声で挨拶をした。

「故人の友人の木下澄夫と申します。ひとことのご挨拶を申し述べさせていただきます」

そう言ったあと、木下氏は二回ほど咳払いをして再びマイクを握った。

「ご会葬のみなさま、本日はご多用中にもかかわらず、このように多数のご列席をいただきまして、まことにありがとうございました。故・川田作蔵殿は、本年春ごろより三塚総合病院にて療養生活を続けてこられましたが、今月十三日、午後十一時四十二分、八十六年の生涯を閉じられました。みなさまご存知のように、いまから四十一年前に、有限会社・川田工務店の前身である川田建設会社を創業されまして、一代で社を大きく発展させ、ご子息に社長職を譲られてからも、会長として、社のますますの発展に尽力してこられました。私どもは、かけがえのない方を失ったと、言わざるをえません」

「私、あの人知ってんの」

唐突に宇都宮ゆかりさんが言ったので、直之はまたぎくりとしたが、隣を見るとお経が終わって目覚めたらしい彼女が、怒ったような目をして座っている。

「嫌い」

それだけ言うと、宇都宮さんはまた目を閉じた。

「まことに残念であります。川田君、長年君を川田君と呼んできたから、この場でも川田君と呼ばせてくれたまえ」

木下氏がそう言うと、今度は右隣に座っていた女性が、

「だからさ、社葬だったら会社のことを言う、友達だったら故人の思い出を言う、というようになってんのよ、ほんとは。そこを安くあげようとして葬式一回にするからこんな中途半端な弔辞になるのよ」

と言った。

直之は妙な席に座ってしまって、意地の悪い三人組とでも思われたらどうしようと

びくびくした。もちろん木下氏にそんな言葉は聞こえていないので、朗々と弔辞は続く。

「君は一途な人だった。ほんとうに一本気な人だった。あれはまだ、終戦そうまもないころで、みんな食うだけがせいいっぱいの時代でした。戦地から命からがら戻ってきた川田君は新婚で白山に細君と住んでおられましたが、私が訪ねると必ず、必ず歓待をしてくれて、なけなしの酒を出してくれて、二人とも若かったもんだから、よく未来を語ったものだったね」

「だから、普通は大きい会社は二度やるのよ、お葬式を」

と、なにが不満なのか隣の女性はしつこく繰り返した。

白山に住んでいたことがあるんだ、川田作蔵って。

それは、川田作蔵となんの接点もないと思っていた佐々木直之にとって、たいへん小さいが接点と言えそうな事実だった。若いころの作蔵が住んでいたのはどのあたりだろうか。たしかにあの辺にも古い家がまだあって、昔からの商店街も残っているから、意外にいま自分が住んでいる場所の近くに、若かりし川田作蔵がいたかもしれないのだった。

『日本はこのままではいない。もう一度必ず立ち上がってみせる』と、そう言った川田君の目の輝きを、私は今も忘れることができない」

話があまりに古くなってしまい、しかも長くなりそうだったのを警戒してか、司会者が木下氏になにやら耳打ちをした。木下氏は急に困った顔をして、えへん、えへんとまた咳払いをし、それから、

「そんなすばらしい君のことを、私たちは永遠に忘れない。みなさま今後とも変わらぬご厚情を、故人なき後の川田家に対してもお寄せくださいますよう、私から、伏してお願い申し上げて、ご挨拶に代えさせていただきます。本日はまことにありがとうございました」

と、大急ぎで言って座った。

ほーら言わんこっちゃない、とでも言いたげに、隣の女性は鼻をふんっと鳴らした。たしかに、なんだかちぐはぐな印象を与える弔辞ではあった。

「ここで弔電をご披露させていただきます」

司会は言い、黒枠の電報を読み上げ始めたが、隣の宇都宮ゆかりさんがぐらりと揺れて、椅子からおっこちそうになったので、大急ぎで直之は肩を支えた。この老女は、

いつのまにかまた眠りについていたのである。

衝撃のためか宇都宮さんは目が覚めたらしく、

「終わった?」

と、無邪気に訊ねた。

終わったと思ったら、弔電のあとにまたお経が始まり、宇都宮さんはがっかりしてまた溜め息をついた。

「お焼香は三列でお願いいたします。また、本日はご会葬のみなさまがたいへん多くいらっしゃいますので、略式にはなりますが、抹香は一回でお済ませくださるようにお願いいたします」

そう言うと、垂範《すいはん》してみせる必要があると思ったのか、司会者は突然右手で何かをつまみあげてからぱらぱら落とす動作をして、

「一回で、ございます」

と、念を押した。

親族に続いて、前のほうに座っている人々から順番に焼香に立った。直之は少し考えた末に、立ち上がって少し宇都宮さんの座った椅子を壁際に寄せ、会葬者が順繰り

に焼香を済ませるのを待って、最終列に並んだ。

宇都宮さんを見ると、司会の男性がわざわざ気をきかせて香炉を下ろし、背の低い宇都宮さんの手の近くで持って捧げてくれた。宇都宮さんは、その司会者のさきほどの模範演技など見てはいなかったらしく、じつにゆっくりと、まるで香道を楽しんででもいるように優雅な手つきで、三回抹香を行った。

ただ、それがすべての参列者の最後だったために、むしろそのいとおしむような焼香はしめしあわせた儀式めいて、人々にある敬意をもって受け入れられたように直之は感じた。自分も隣の香炉で一回だけの抹香を済ませて、儀礼どおり親族に向かって礼をした。宇都宮ゆかりさんも静かに頭を垂れた。親族はとくに表情を動かさずに、黙々と礼を返した。二人が席に帰りつくのを待って、司会者は葬儀の終了を告げ、導師が退室した。

「出棺の用意が整いますまで表のほうでお待ちください」

司会者がそう言うのを待って、会葬者はぞろぞろと腰を上げた。

いちばんだいじな仕事がまだ終わっていない。これから宇都宮ゆかりさんを車に乗せて、斎場に連れて行くのだ。親族が棺を花で埋め、石打の儀式をしている間、直之は誰に斎場までの道のりを聞こうかとそればかり考えていた。

霊柩車やマイクロバスの後をくっついていくというのは、やはり危険の多い方法だと思ったのだ。葬儀屋の人間をつかまえて地図をもらったほうが早いと思い、ちょっとだけここで待っててくださいねと宇都宮さんに念を押して車椅子を離れ、忙しそうにしている司会の男に近づいて、斎場までの地図をねだった。

「マイクロに余裕あったら、乗っちゃってもらったほうがいいんですけどね」

めんどくさそうに葬儀屋は言った。

「車椅子なんで、乗せるのもたいへんなんです。だから僕がついてきてるんですから。とにかく道順教えてください。そしたらなんとかついていきますから」

地図、地図、地図ね。独り言のようにそうつぶやいて奥へ引っ込むと、男は少しして手書きの地図を持って現れた。

「ここ、一通《いっつう》ですから。マイクロは手前のここで曲がります。けっこう信号早く変わりますから。右折なんで、無理しないでください」

それだけ言うと、あわただしげに男はどこかへ行ってしまった。

会場から力強く釘を打ち込む音が聞こえてきた。出棺だ、と直之は思った。遺族の男性たちが、棺を持ち上げて歩き出そうとしたところへ、

「お待ちください！」

と、声をあげたのは例の司会者だった。

「みなさま、もう一度故人のために、ここで一分間の黙禱を捧げたいと存じます。黙禱！」

いきなり号令をかけられた会葬者たちは、わけもわからず目を瞑った。棺を持ち上げようとしていた六人の男性は、静かに静かにもとの位置に戻し、やはり目を瞑る。しかし一分間というのは目を瞑っている側にはひどく長いものだったので、直之はそっと薄目を開けてみた。司会の男は泣きそうな顔をしていて、口を開けて目を泳がせ、それからはじかれたように内ポケットから弔電を取り出し、額の汗をハンカチで拭いた。

「本日はたいへん多くのご会葬者のみなさまに参列をいただきまして、故人のご遺徳が偲ばれるご葬儀でございました。ご紹介し切れなかった弔電がこのように多くございます。このたび異例ではございますがここで再び弔電をいくつかご披露させていた

だこう」

と、そこまで言うと司会はいきなり目をかっと見開き、憑き物が落ちたように元気になって、

「とも思いましたが、お時間でございますので割愛させていただきます。出棺でございます」

葬式には不似合いなほど朗らかに宣言した。

そこで再び六人の男性が棺を担ぎ、門の外の霊柩車におごそかに運び込んだ。準備ができると、喪主の川田社長から、型どおりの出棺のあいさつが始まった。

直之はとにかく遅れて出発したくなかったので、車椅子を押してシルバーの車に向かった。このとき、少し他の人々から離れたところにいるさきほどの司会者の脇を通ることになったのだが、あいかわらず汗を白いハンカチで拭き続けているこの人物が、

「冗談じゃないよ。時間通り来いよ、まったく。霊柩車が遅れるなんて聞いたことないぞ、始末書もんだよ」

と、ぶつぶつ独り言を言うのが耳に入ってきた。

助手席の椅子を下ろし、宇都宮さんを抱き上げて乗せてシートベルトを締め、リフ

トアップしてドアを閉めると、直之は車椅子を畳んで収納した。

そして、霊柩車とマイクロバスの出発を横目でにらみながら、ときどき手元の地図を見て道順を確認した。斎場までは、そう遠くはなさそうだった。

コツコツ、と窓を叩く音がして、直之がウィンドウを下げると、司会をしていた葬儀屋の男が、渋面を作って立っている。

「さっき、地図、お渡ししましたですね」

と、葬儀屋はなんだか急に慇懃《いんぎん》になっていた。

「ということは、焼き場まで行かれますわね」

「行きますけど」

「いや、もうまことに申し訳ないんですけれども、おひとりだけ同乗させていただけませんでしょうか」

「は?」

「人数の目算を間違えまして、斎場まで行かれる方が予想より多かったんで、補助席全部出してもマイクロに乗り切れませんで。斎場からの帰りの時間までには、なんとかこちらで手配して車を回しますので、どうか一つ、おひとりだけこちらに乗せてお連れしていただけませんでしょうか」

見るとそこには、これも相当年齢のいったおじいさんが一人、葬儀屋に伴われていた。

「これ以外に車、ないんですか？」

「申し訳ございません」

仕方がないので、直之は「じゃ、どうぞ」と言い、おじいさんが後部座席に乗り込んだと思ったら、

「私もこっちに乗る。ほら、サツキもこっちに」

という声がして、おじいさんの隣にさっさと乗り込んだおばさんが、ぐいぐいお尻を動かして真ん中に陣取り、サツキと呼ばれたもう一人の女性が申し訳なさそうに最後に座ると、腕を伸ばして大きな音を立ててドアを閉め、

「いいですか？」

と、有無を言わせぬ態度で言った。ひどく怒っているようでもあった。

こうして、助手席に宇都宮ゆかりさん、後部座席に誰だかわからないおじいさんと、四十代か五十代か、若い直之にはよくわからない中年女性が二人乗り込んで、五人は

斎場を目指すことになった。

マイクロバスからあぶれたらしい老紳士も、自ら乗り込んできた中年女性たちも、あまり機嫌がよくなさそうだった。

なんて、ついてない日だろうか、と直之は思い、ともかく地図に集中しようとしたのだが、さっそく不機嫌な老紳士が大きな声でおしゃべりを始め、車内はがぜん騒がしくなった。

「あの、木下という男は、けしからんね」

と、誰にともなく大声で老人は言った。

「あの男は、なにを考えてるんだ。なぜ、あんな男に弔辞を読ませたかねえ。俺に頼んだって断ったろうけれども、もう少しましな人間はいなかったのかねえ」

俺に頼んでも断ったろう、というのは、謙虚なんだか威張っているのだか、直之にはわからなかったが、老人はとうとうと話し続けた。

「白山で新婚時代と言いやがった。あれはねえ、お嬢さん、（そう、隣のおばさんに話しかけるのを聞いて、直之はほんとうに驚いた。老人には四十、五十というのはお嬢さんの範疇なのだろうか）昔の女房のことですよ。あすこの家ではその話はタブーなんだ。誰だって知ってることだよ。それをあの男は。なにが友人ですか。そんなものは友人でもなんでもないよ。俺だって知ってるよ、あのことは。だけど誰にも言わないよ。昔の女房が頭がおかしくなって病院へ入っちゃって離縁したんだなんてことは、そんなことはあなた、誰でも知っているけれども、言わないことだよ」

とうぜんのことながら、直之はまったく知らないことだった。そして「言わないよ」と言っている老人から聞かなければ、わかるはずのないことだった。

「なにそれ、知らないわよ。どういうこと?」

と、まん中に座った女性が素《す》っ頓狂《とんきょう》な声を上げて応じたので、車内にしばし沈黙が流れ、老人は自分が「木下」と同じか、もしくはさらに悪い失態を演じたことに、ようやくながら気づいたようだった。

「そりゃまあその、あれだけれどもね。なんだ、後味がよくないじゃないか。木下じゃあ。まあ、俺にやれって言われても断ったろうけども。あの男の弔辞というのは納得できない。どういう人選なんだか」

都内の日中は、やはり道が混んでいた。霊柩車とマイクロバスは前方の、渋滞の中で立ち往生しているように見える。

直之は車が動かないのをいいことに、昨夜積み込んでおいた道路マップを取り出して広げた。そして葬儀屋が描いてくれた地図と見比べ、しばらくにらめっこをしていたが、やがて小さく、お、と声に出し、

「抜け道、あんじゃん」

と、つぶやいた。

車が動きだすと、しばらく行ってから直之が強引に右折ラインに入ったので、真ん中に座った威勢のいいおばさんは、ちょっとだいじょぶう？　と不満そうな声を漏らした。

一日が始まってからずっと、自分にだって不機嫌になる権利はあると思い続けていた直之は、いまこそそれを行使できるときと、その問いかけを無視した。

勝手に車に乗り込んできた以上、文句を言うこともできないとあきらめたのか、女は直之の返事をしつこく迫る気はないようだった。

裏道を入ると、車が滑るように走り出したから、隣にいた宇都宮さんは陽気に笑った。そしてなにやら声を出しているので、

「なんですか、おばあちゃん？」

と言って、運転中の直之が少しだけ体を傾けて耳を寄せると、宇都宮さんは小さな声で歌を歌っていた。

なんという曲なのだか、見当もつかなかったが、この小さなおばあさんが後ろの席の喧々《けんけん》した会話をどうも耳に入れていないようなのが、直之には少し快かった。そうだよな、聞いちゃいねえよな。おばあさんと直之の間に、ほんのちょっとだけ共犯じみた空気が流れたように、わざと直之は錯覚して楽しんだ。

「私ね、自動車って、大好き」

こんどは聞こえるような声で、宇都宮さんが言った。

直之はちらっとまた老女に目をやり、それから屈託なく笑った。

「だからね、さっきも言ったけど、私が腹立ててるのは、おにいさんのことなのよ」

と、後ろの席でやや年上で厚化粧のおばさんが、おとなしいほうに向かって気炎をあげた。

「でもまあ、川田家のことだからねえ」

小さい声で抵抗する連れの女性を組み伏せるかのように、厚化粧が、

「私は嫁だからなにも言う権利はないかもしれないけれど」

と続けた。どうやら「おにいさん」というのは「お義兄さん」で、話の展開からして喪主の川田氏のことらしかった。

「お葬儀の席よ、私たちが聞かされたのは。そんなのもっと早く聞いてればなんとでもしようがあるけど、いまのいまになって、父さんが遺した遺言がとんでもないんだったって、後の祭りじゃないですか」

「ほう。そんなにとんでもない遺言ですか」

隣の老人が応じる。

「とんでもないっていうか、細かいのよ。誰それにいくら、誰それにいくらって、ホームヘルパーのおばさんなんかにまで、それも十万円とかそういう額でねえ。もちろんもっと多いのもあるんだけど、小遣いやる感覚なんでしょう、昔通った店のママとか、そういうのもあるんじゃないの？　ただの知り合いみたいなのに、気まぐれみたいに相続させようとしてるんですって。相続というか、贈与？　それから寄付？　なんとか施設にいくらとかなんとか事業にいくらとか、そんなに財産もないのに、どんどん出しちゃって」

「トモハルさんは、聞かされてたの？　事前に」

「聞いてないわよ。聞いてたら私に言うでしょう。こういうとき悔しい思いするのよ、三男の嫁って。いてもいなくてもおんなじなんだから」

「次男のお嫁さんも、聞かされてないわよ、きっと」

「そこが問題じゃないのよ。横浜の老人ホームなんて、鮫洲《さめず》の土建屋となんの関係があるのよ。自分が入るわけでも、お義母さんを入れるわけでもないのによ。お義父さんも経営者だったからそれなりに法律は勉強してて、遺留分でしたっけ？　家族に残さなきゃいけないものは遺してあるのよ。だけど、そのほかが全部まあ、そんなでしょう？　いまんなって、お義兄さんもおろおろしちゃって、いきなり、みんなに話があるって言われたってねえ」

どうでもいいけど人の車に乗ってきて、うるさい話はやめてくれよな、と直之は思い、ラジオのスイッチを入れた。車内の平均年齢を考えると、まったく受け入れられないトランス系の音楽が流れていたが、もういっさいかまわずボリュームを上げ、一人の世界に入ろうとしていると、音楽なら何でも好きなのか、横で宇都宮さんが楽しそうに揺れる。

横浜の老人ホームって、ひょっとしておばあちゃんのいるとこかよ。

直之はもう一度、葬儀の写真の、川田作蔵の渋い顔を思い浮かべた。

近道をしたために、一行は誰よりも早く斎場へ到着した。老人と中年女性は、たいした礼も述べずにいなくなった。どうも葬儀屋と勘違いされていたらしい。

ややあって、霊柩車とマイクロバスがつき、棺が運び込まれた。斎場までやってきた人々は、全部で三十人くらいなものだった。

炉の前に棺が置かれた。直之はこういう大きな斎場に、いくつも炉があって、同時に火が入るとは知らなかったので、それだけでもびっくりした。棺の脇の小さな机に遺影や花が飾られた。近くで見る川田作蔵氏の唇は、やはりへの字をさらに崩したような、不思議な歪み方をしていた。

僧侶がやってきたのを見て、宇都宮さんは露骨に嫌な顔をして、

「私、お経、大っ嫌いなのに」

と、また言った。

読経に続いて再び焼香があり、合掌があり、棺が火の燃えさかる炉におさめられた。

「別室をご用意しておりますので、ご歓談《かんだん》ください」

司会者にうながされて、人々は斎場の二階の控え室に移った。

宇都宮ゆかりさんが、

「私のときは、浅田屋の塩大福にするの」

と言ったのはこのときだ。

控え室は天井まで届くガラス窓のある明るい部屋で、白いガーデンテーブルとチェアがいくつも並んでいた。その席で、温かいお茶といっしょに振舞われた茶菓子を見て、お経を聞いたときとはうってかわってうっとりした表情で、宇都宮さんは言ったのだった。

「私、これ、大好き」

幸せそうに手に取っているのは、小さな緑色の薄皮饅頭だった。

「あんこの入ってるものは、なんでも好き」

そう言って、宇都宮さんはばかにうれしそうな表情を浮かべ、なにを思ったか両手でぱたぱた椅子の肘掛を叩きながら、

「今日はみなさん、私のためにこんなにおおぜい、ありがとう」

と、言った。

「いや、おばあちゃんのためっていうか……」

親類や知人が、その親しさの度合いに応じて丸い卓を囲んで座る控え室で、宇都宮さんと二人きりでいちばん隅のテーブルに陣取っている直之は、小さな声でそう抵抗したが、もちろん宇都宮さんはそんなことに注意を払わないばかりか、耳が遠いので聞こえてすらいない。

「このつぎは私のおうちへ来てください。私のときは、浅田屋の塩大福にするの」

私のとき、というのが、「私の葬式のとき」という意味だったのかどうか、もちろん直之にもわからない。

大人になってから葬儀にきちんと出るのが初めてだった直之は、遺体が焼かれているわずか一時間を、もてあました会葬者が焼き場で飲み食いするシステムというのを知らなかった。ただ、宇都宮さんがあまりにあっけらかんと「私のとき」と言ったので、このおばあさんの葬式では、浅田屋の塩大福が配られるのかもしれないと、ぼんやり思った。

思ってから、家の近所の小さな和菓子屋を思い浮かべた。そういえばあそこ、浅田屋っていったな。創業がなんでも明治時代で、たしかあそこも塩大福売ってた――。

「俺んちの近くにも浅田屋ってあるよ。塩大福、うまいんだよ、そこも」

「私、浅田屋の塩大福が大好き」

そうつぶやく老女の笑顔を見ていたら急に直之の頭に、「白山で新婚時代と言いやがった」「昔の女房が頭がおかしくなって病院へ入っちゃって離縁したんだなんてことは、そんなことはあなた、誰でも知っているけれども、言わないことだよ」と、不機嫌な老人の言葉が蘇ってきて、思わず隣にいた宇都宮さんに、

「おばあちゃん、ひょっとして白山に住んでなかった?」

と、訊いてみるけれどももちろん答えなど返ってこない。

自分の知らない八十年もの月日の中で、このおばあさんの身に何が起こったのだろうと、直之は思い、同時に階下で灰になっていきつつある川田老人のことも、弔辞にも履歴の紹介にも会葬御礼にも出棺のあいさつにもまるで盛り込まれない長い人生があったのだと、ふとそんな感慨が若い直之をとらえて揺さぶる。

まじかよ。

そこらじゅうで談笑を繰り広げている川田作蔵の親族や友人たちの中で、死んでしまった男と直之の向かいに座っている女の間に起こったことの真実を知る人間など一人もいないのかもしれない。

もしかしたら自分が、いまだけ、この一瞬だけその真実にもっとも近いところにいるのかもしれない。そう、直之は思って、ちょっと鳥肌が立つのを覚えた。人々の声は風が運ぶ木の葉の擦れ合う音のように耳に響き、時折どこかで笑う声もあがった。明るくて、清潔な「メモリアルホール」の二階で、彼らは八十六年生きた男が白骨に還るのを待っていた。

それから直之は、宇都宮さんといっしょにお骨拾いをした。

ふつうは二人一組で向かい合い、銀の箸で遺骨を骨壺に入れるのだが、直之は宇都宮さんの手を引いて近くまで行き、社交ダンスで時々そんなポーズをとることがあるような、後ろに立ってその左手を左手で、右手を右手で支える形で、いっしょにお箸を動かして骨を拾った。そうして支えていると、時折宙に浮いてしまいそうに感じるくらい、宇都宮ゆかりさんの体は軽かった。

「私、自動車に乗るのが大好きなの」

帰りの車の中で宇都宮さんは言った。

「あのとき、自動車を借りて、熱海までドライブして行ったのよ」

そう言って、宇都宮さんは笑うのだった。

なにが彼女の記憶中枢に訴えかけ、なにがそれを呼び覚ましたのか、隣でステアリングを握る直之にはわからなかったが、川田作蔵の葬式から帰る道のりで、そのドライブを思い出した宇都宮さんは、あのときね、あのときね、と何度も「あのとき」の話をした。

「ねえ、おばあちゃん、あのときっていつごろなの？　昭和何年くらい？」

直之が耳元で大声を出すと、涼しい顔をして宇都宮さんは、

「知らないわ」

と言った。そしてしばらくしてまた、自動車が大好きなの、熱海までドライブしたのよ、と言った。

「新婚旅行だったんですもの」

そう宇都宮ゆかりさんが言ったとき、直之はびっくりしてブレーキを踏みそうになった。

「おばあちゃん、結婚してたの？」

そう訊いても、答えは返って来ない。宇都宮ゆかりさんは、楽しそうに体を左右に

揺すっているばかりだ。

「窓を開けてもいいかしら？」

宇都宮さんがそう言うので、いいよ、と言って直之は助手席のウィンドウを少し下げた。宇都宮さんは気持ちよさそうに目を細めた。風の音がうるさくなって、もうどんなに大きな声を出そうと聞こえないだろうな、と直之は思った。

白山で新婚時代と言いやがった、という老人の声が、また頭の中に響いた。

戦後間もないころとか言ってたな。それじゃあ「スバル360」より前かな。ひょっとして「オースチン40」とか、そんなのか？　待てよ、まだそんなのもなくって、進駐軍払い下げの車とか、昭和初期のダットサンかもしれないぞ。

車好きの直之は、古めかしい黒塗りのセダンに乗り込んだ、川田作蔵と宇都宮さんを想像した。想像の中で、二人は老人だった。

けれど思い直して、宇都宮さんは若いころどんなふうだったんだろうと考えてみる。

頭に派手なスカーフを巻いて、大きな黒のサングラスをかけて、新婚の夫の運転する車で出かけていく宇都宮さんは、ハイカラでかっこいい若い人妻だったろうか。美しい若い奥さんだった宇都宮さんの精神はどこで破綻を迎え、結婚生活を終わらせなければならなくなったんだろう。

それは隣に座って体を揺らしながら、幸せそうにまた歌を歌っている老女にとっては、もはや意味を持たない昔々の出来事なのだろう。いずれにしても直之の感傷など意に介さずに、目を瞑った宇都宮さんは小さな声で、

「ああ、いい気持ち」

と、つぶやいた。

「車はさ、黒のセダンだよね？」

もちろん答えが返って来るとは思わなかった。直之はそのまま前を向いて運転を続けた。そのうち宇都宮さんが例のごとく眠ってしまったので、窓を閉めてラジオのスイッチを入れた。

たわいのないトークと笑い声が車内を満たした。第三京浜を降りて、国道をまっすぐ。大きな交差点を右折して、新興住宅地を抜けて。今朝来た道をたどって、直之は老女を送り届けた。宇都宮さんはすっかり眠りこけていたから、施設の職員が抱き上げるようにして、部屋のベッドに連れて行った。

三ヶ月して、訃報を知らせてくれたホームの女性職員が、よかったらお葬式に来て

くださらない？　と直之に言った。僕なんかでいいんですか？　と訊ねると、ええ、宇都宮さんがあの後、ドライブの話をよくしていたのよ、と女性職員は答えた。とっても珍しいのよそんなこと。宇都宮さんの晩年最後の記憶ってことになるんだと思うわ。こんなことならもっとしょっちゅうお外に連れ出してあげればよかったけど、ちっとも行きたがらなかったものだから。よっぽどドライブが楽しかったのねえ。

その楽しかったドライブはきっと僕のじゃないですよと、喉にひっかかった言葉を直之は口に出さなかった。説明するにはややこしかったし、どこまでが直之の想像なのだかもわからなかったからだ。

帰り道で何度か宇都宮さんは「自動車に乗るのが好き」と言い、どこかで思い出したようにもう一度「ナポレオンの赤い革帯」についての質問をして笑った。

何度目かに「自動車が好き」と言ったとき、直之は若者の残酷さで、「それなら今度また来て乗せてあげるよ」と言って、そのまま約束を反故にしてしまった。

川田作蔵のものとは対照的な宇都宮ゆかりさんの葬儀は、それでもつつがなく終了した。お経もなく、弔電もなかった。宇都宮ゆかりさんの棺とともに斎場へ行くのは、司会をしていた女性と、もう一人の職員だけのようで、入居者やほかのケアワーカーたちは、それぞれの場へ帰っていった。

キーボードを弾いていた若い女の子が、パイプ椅子を片づけていたのを手伝って、直之も少しだけそのグループホームに留まった。なんだかあまり帰りたくなかったし、会社には外回りで夕方帰社すると伝言してあったからだ。

「いいお葬式だったよね」

と、初めて会ったその女の子は言った。福祉の勉強をしている大学生で、ボランティアで施設をよく訪れているのだという。左胸に「津村」というネームプレートをつけていた。

「みんな、宇都宮さんのこと、好きな人ばっかりだったから」

テーブルクロスの端を握って、そんなことを言う。

彼女が言うには、宇都宮さんは、「アイビーホーム」の初代施設長だった人の知り合いの知り合いで、つてをたどってやってきたらしい。

「宇都宮さんはたぶん、統合失調症だったんだと思う。若いときに発症する病気で、入院治療や投薬で社会復帰可能なものだといまでは知られているけど、宇都宮さんが病気になったころは、まだいろいろ偏見もあったから、社会的入院って言うんだけど、必要もないのに入院させられてたりしたんだって。それから退院したはいいけど、受け入れ先もないし、身寄りらしい身寄りもないってことで、どこでどうしてたかわからない時期もあったみたい。でも、前の施設長の知り合いの知り合いという人がどうにか見つけて、そして連れてきたんだって。それが二十年くらい前でしょう？　それからずっと、『アイビーホーム』にいて、自立度の高い認知症の高齢者のためのグループホームができるときに移ったんだって」

津村さんと直之は、テーブルクロスをたたむために、端と端を引っ張って持ち、体育祭のマスゲームの練習のように動いた。

直之は、への字口の川田作蔵の顔を思い浮かべた。「身寄りらしい身寄りもない」という言葉が、ひどくこたえた。

「その、知り合いの知り合いの人は、なんで引き取らなかったんだろ」

「さあ。なんか事情があるんじゃない？　お金は出してたって話だから」

「『アイビーホーム』はさあ、高齢者施設でしょ。精神障害者の社会復帰施設っていうのは、また別ものなんでしょ？」

直之は『パッサージュ・あいびい』の場所を詳しく知るために見たホームページの知識を、少しだけ披露してみた。津村さんは静かにうなずいた。

「宇都宮さんの場合は、連れて来られたときは、統合失調症というよりも、どっちかって言えば認知症みたいな感じだったらしいの。記憶に混乱があったりして。年齢的には比較的若かったけど、施設長の知り合いだし、問題行動もないし、とてもお世話しやすい方ってことで、受け入れたんじゃないの？　ホームでもみんなに好かれてたみたい。だから今日みたいに、宇都宮さんのこと好きな人ばかり集まったんだよね」

学校を卒業したら、介護福祉士になると決めているらしい、まじめで明るい津村さんがそう言った。そうだね、と直之は答えた。彼女は直之のことを、自分と同じ学生ボランティアか何かだと思っているようだった。

「あれ、おかしかったね。『ナポレオンの赤い革帯』の話」

津村さんが思い出し笑いをした。

「ああ」

直之も話を合わせ、車の中で楽しそうに歌を歌っていた宇都宮さんを思い出して、

「『浜辺の歌』もよかったよ」

と、言った。

津村さんはうれしそうにうなずいた。

「あ、忘れてった」

直之は部屋の隅の机にぽつんと置き忘れられた紙包みを見つけて、思わずつぶやく。

「なに？　それ」

「浅田屋の塩大福」

「？」

「棺ん中、入れてもらえばよかった」

「宇都宮さんの好きなお菓子なの？」

「うん」

キーボードをケースに入れ始めた津村さんは、困ったわねという顔をして、直之のほうを見る。

「食っちゃえ」

直之は、紙包を乱暴に破って、中から粉を吹いた大福を取り出してかぶりついた。

「食いなよ」

「ええ？」

「いいから。おばあちゃんがそうしろって言ってたんだって」

不思議そうに近づいてくる津村さんに包みを渡しながら、直之は窓の外を眺める。秋晴れの日差しのまぶしい午後、こころもち目を細めて空を仰ぎ見る。

気がつくと一時をまわっていて、もうすでにこの空のどこかに、煙が昇っている時刻だった。

その煙とともに、彼女の生きた時間は消え、記憶も消え、後にはなにも残らないのだ、と直之は思った。

最後のお盆

「お姉ちゃんは来られないって。鮫洲の新盆だからって」

皐月《さつき》がそう報告すると、

「さめずってなんだっけ？」

と、電話の向こうで妹の香代《かよ》が訊く。ときどき電話の声が遠くなるのは、香代が受話器を顎と左肩の間に挟み、鍋に気を取られているせいらしい。

「鮫洲は、だからあれよ。智晴《ともはる》さんの実家よ」

「あ、そうだった。六月にお葬式あったもんねえ。私、お香典だけで失礼しちゃったんだった、さーちゃん、行った？」

「行ったよ、行った。告別式だけ。いっぱい人が来てて、びっくりしちゃった」

「だけど、そんなに離れてないんだからさ、一日くらい、こっちにも来ればいいのにねえ」

「そうもいかないんじゃないの？　いいお家の嫁はさ。遺産のことで親族会議があるとかなんとかで、よせばいいのにお姉ちゃん、興奮してたもの」

「あ～あ」

　皐月と香代は三つ違いだが、一番上の史江《ふみえ》は皐月より七つも年上で、それだけでも少しばかり距離があるところへもってきて、性格がなぜだか妙にきつくて、ふと気がつくと姉妹の中では二対一の構図ができあがる。史江が興奮していた、と聞けば、それがどういう状態だかすぐに察しがつく香代が、困ったものだと言いたげに間延びしたこたえを返した。

「じゃあ、うちとさーちゃんとこだけか。うちは全員行くよ。亜由美《あゆみ》が夏休みの自由研究にするらしいしね。ダンナも迎え盆には来ないけど、十四日あたりには来るようなこと言ってた。帰りには運転手してもらわなきゃなんないし」

「来るときはどうするの、車じゃないの？」

「うん、上野から電車で行くわ。私、運転嫌いだもん」

「うちは車出すから、いっしょに乗せて行こうか」

「車、やめたほうがいいんじゃないの？　混むよ」

「そうかな」

「電車がラクよ。いっしょに切符とるわよ」

「うん、でも、うちのとーちゃんも十二日の夜にぶっ飛ばしてくれるって言ってる」

「優《まさる》さん、ずーっとつきあってくれるの？」

「そのころになるともう引継ぎも一段落して、ヒマになるみたい。仕事しろって？」

「いやいや、いいんじゃないの？　いいと思うよ」

姉妹はけたけた笑って電話を切る。

皐月はひとりで夕食を済ませ、お盆準備のための買い物リストに目を通した。ろうそくとお線香。提灯、これは母の家にあったかなかったか。お供えの団子。真《ま》菰《こも》のござとほおずき、仏壇に飾る花。

仏壇は母が死んだときに引き取ってきたものを、そのまま車に積んで持っていく。お盆が終わったら位牌をどうするか、決めなくてはならない。まさか夫の海外赴任先に仏壇を担いでは行きたくないし、香代のところは狭くて置けないと言うだろうし、そうすると史江が有力だけれど、なんにでも文句をつける史江がおとなしく引き受けてくれるかどうか。香代が入れ知恵したように、「お姉ちゃんが自分からそうすると言い出すように誘導しなくちゃ」ならない。主導権を他人に握られるのが、史江は嫌いだった。

あの家で最後のお盆をやらないかと言いだしたのは皐月だった。そのこともあって、史江は来ると言わないのかもしれない。

母の生家である古い家は、母の兄の妻である伯母が、長いことひとりきりで住んでいた。伯母の死後、そこは母のものになったが、その朽ちかけた日本家屋を、なにをするでもなく持っていて、ときどき思い立ったように掃除に出かけていたものだった。

父が亡くなってから、母はひとりで住むと言い出し、長女の史江の怒濤の反対を押し切って、単身故郷に帰ってしまった。

気ままなひとり暮らしのつもりの母は、伝統的なお盆の行事などやらず、花を持ってお墓参りに行くくらいのものだった。だいいち、父の墓は東京にあるのだから、お盆にはそちらへも行かなくてはならなかったのだ。

その母が亡くなって早くも三年が経った。

家は娘三人が相続した。群馬県の田舎の土地にぼろぼろの家では評価額も低く、相続税の対象にもならなかった。ほとんど財産にもならないだろうけれど、早いうちに売り払って分けたほうが面倒がないと史江が主張し、母が好きだった家だからもうしばらく様子をみようと下の二人は反対した。

そこで、嫁ぎ先の遠い史江が家を見るのはたいへんだし、子どもに手がかかる香代にも無理ということで、夫婦二人暮らしの皐月が鍵を預かって管理していたが、その皐月が夫の転勤で秋から南アフリカに行くことが決まって、とうとう八月の末をもって土地も屋敷も手放すことになったのだった。

不動産屋に相談すると、あっけないほどことは早く進んだ。家は、来月にも壊して更地にして、そこにはコンビニエンスストアが立つという。

あの家も見納めだから、夏休みを利用して、最後にみんなで集まろうかという話になって、せっかくだから、あそこで昔やったお盆をやろうじゃないのと、勢いで決まったのは先月のことだった。けれども、いざその伝統行事をやってみるとなると、近隣に親しくしている古老もいないし、誰に聞いたらいいかわからない。

三人姉妹が両親に連れられて、その家のお盆に行っていたのは、香代がまだ学齢に達するか達しないかまでのことだ。皐月は、それが小学校中学年くらいの思い出になるので、やや鮮明だが心もとない。いちばんよく覚えているはずの史江が来ないとなると、果たしてきちんとした「お盆」ができるのかどうかも不明だ。

父は出身が島根だったが、親との縁が希薄で、休みにも滅多には帰らなかった。だから、姉妹にとって、夏休みの里帰りはこの家だった。

昔はここに、祖母が子どものいない伯父夫婦といっしょに住んでいた。そして、そのころはたしかにお盆らしいお盆が存在したのだった。

三人兄弟の母には弟もいて、若いお嫁さんと女の赤ん坊を連れてきていたことがあったが、この叔父はずいぶん前に家族を連れてブラジルに移住してしまい、従妹がどこでなにをしているかも、いまではまったくわからない。

史江が高校生になると、もう家族といっしょには出かけないと言い出し、そのころを潮に、家族旅行はなくなった。しばらくは母が二人の娘を連れて日帰りで墓参りに行っていたが、それも伯父が亡くなるとわざわざお盆に行かなくなり、そのうち子どもは置いていくようになり、伯母が亡くなり、母が亡くなり、そうこうして現在に至っている。

皐月にとっては、遠い思い出の中のお盆は、それでもなんだか賑《にぎ》やかなお祭りめいた印象があった。

おばあさんの兄弟だの、その子どもたちだのが来ていて、そのまた子どもたちといういとことも呼べない同年齢の子どもたちと遊んだ覚えもある。近所の人が「お線香を上げに」と言って、ひょいと寄ったりしたのも覚えている。

古い家には縁側があるので、そこへ腰を下ろした知らないおじさんに、冷えた麦茶を出して話をする伯母の割烹着姿が、遠い日に見た映画の場面のように、ふいに脳裏に立ち上がる。しわくちゃで白髪のおばあさんが、涼しそうな縮緬《ちりめん》の青鼠色をしたワンピースを着て、きちんと正座した足の上におしりが、その上に背中がまあるく外へはみだすように載った座り方で、ゆるりと団扇《うちわ》を使っている姿も思い浮かんだ。

おばあさんがあおいでいるのは涼風を起こすためだったのだろうか。皐月にとっては、団扇はつねに、家中にこもった線香のにおいを追い払うためのものだった。夏しか行かない古い家の思い出を、いまになってもっともよく喚起するのは、仏壇の線香だ。子供のころはあれがたまらなく嫌だった。いまではそんなに嫌いでもない。

十二日の朝になって、いっしょに行くと言っていた優が、自分は少し遅れるつもりだと言い出した。

「十三日に行くんだと思ってた」

というのだ。

「十二日の夜に着いておけば、翌日朝から準備できるでしょ。昼過ぎには香代ちゃんたちが来るって言ってたから、その前に行っときたいのよ」

どうしても十二日は会社に行かなければならないと優が言うので、それならもういい、ひとりで行くからと、やや意固地な気持ちになって皐月は朝から家を出た。

田舎の家に行く前に、都下調布市にある、皐月の両親の墓に詣でておかなければならないような気がしたからだ。父が、存命中に分譲型の墓を購入したのだ。そのころは両親の住む家も飛田給《とびたきゅう》にあった。いまは三人の娘の誰ひとり京王線沿線にすら住んでいない。

ふだんはお盆行事になど関心がないので、墓参りも命日以外は自分の都合で出かけているのだが、万が一にも精霊がこの世に舞い戻って、娘のマンションを訪ねてきたのに不在ではなんだか申し訳ないから、かくかくしかじかの事情で、今年は田舎のほうにいますからちょっと遠いけれど来てくださいと、手を合わせてくるつもりだった。亡くなった母は、遺言どおりに、調布の墓に埋葬し、群馬の墓に分骨したものを葬った。母はそれだけ実家に愛着があり、先祖の墓をみてほしかったのだろう。午前中から調布の墓参りをし、午後に帰宅して荷物を作り、残業で遅くなるから出かけてくれと言う夫の電話を受けて、ひとりで夕食も済ませた。

運びたいものがたくさんあるので、結局自分で車を運転して行く羽目になる。帰省ラッシュはすでに始まりつつあったから、混雑を避けて夜の八時に東京を出発し、田舎の家に着いたのは十時近くだった。

まっくらな中を、キーホルダーにくっつけた小さな懐中電灯で足元を照らして玄関にたどり着き、不快な音を立てる引き戸を半分開いて体を滑り込ませる。湿ったかび臭いにおいの玄関が、外よりもひんやりして感じられた。黒くて丸い、古い電気のスイッチの、中心の突起部分を上げると、埃をかぶった笠の下の黄色い電球が、まばたきするような明かりをつける。

狭苦しい玄関は、昔の造りのためにあがりかまちがずいぶん高い。ひとりで暮らしていたころに不器用な母がどこからか持ってきたらしいブロックが、でこぼこした三《た》和土《たき》にあぶなっかしく置いてある。

母の死因は脳溢血ということになっている。縁側に倒れているのを、新聞配達の青年が見つけてくれて、病院に運ばれて三日後に逝った。週末に電話をかけるのがせいぜいで、二月《ふたつき》に一度も出かけていかないような関係だったから、母が救急車で運ばれたと聞いたときはほんとうに嫌な汗をかいた。まさか、こんなに早くとは思っていなかったのだ。油断して一人暮らしを続けさせていた、娘の怠慢を責められた気がしたものだ。退院したら、こんどこそ東京に呼び寄せなければと思っていたのに、あっけなく逝ってしまった。六十九だった。

そんなことを思い出しながら、廊下を抜けて台所に入り、薬缶《やかん》に水を入れ、火にかけた。母が亡くなってから少しずつ、そして南アフリカ行きが決定したのを機にかなりハイペースで荷物の整理を進めてきたので、家の中は殺風景で、広くはないのにがらんとしている。

敷布団を一枚だけ押入れから引き出して、持参したシーツとタオルケットで寝床を作った。田舎のことなので夜は意外に涼しくて、冷房のスイッチが切れない都心の熱帯夜とは温度も湿度も違うようだった。

することもないから夫か妹に電話でもしようかと携帯を取り出すと、玄関で呼び鈴の音がした。

皐月はびっくりして壁掛けの古い時計を見たが、これはねじを巻いていないのでいつのころからか三時半で止まっていた。

腕時計の針は、十時四十分過ぎを指していた。もういちど呼び鈴がなったので、不審に思いながら玄関へ回ったものの、急になんだか怖くなって息をひそめると、おかしいなあ、というぼやき声がして、皆藤《かいどう》さん、いらっしゃいませんか、と続いた。

たしかに「皆藤」は、母の旧姓だった。しかし、晩年の母が昔の姓を名乗る理由もなく、いずれにしても怪しげなので片手で携帯電話を握って一一〇番をとりあえず押し、発信ボタンさえ押せばつながるような状態にしてから、

「どちらさま？」

と、皐月は尋問した。

「あ、やっぱりいらっしゃったんですか。鶴見《つるみ》です。息子のほうですよ」

鶴見の息子がこたえた。

しかし皐月は、鶴見氏も、その息子も知らなかった。

「ひょっとして、母をお訪ねでいらっしゃるなら、三年前に亡くなりました」

玄関のガラス戸越しにそう言うと、向こう側の影の男は、えっと一瞬息を呑んで黙り込んだ。

「すみませんが、夜も遅いので」

このまま一気に追い払ってしまおうと皐月は畳み掛けたが、ややあって男が神妙な声で、

「私は今夜中に出て盆帰りをしなければならないのですが、おばさんが亡くなられたと知っては、今日ここにうかがったのが偶然とは思えません。夜分でほんとうにずうずうしいお願いだとは思いますが、お線香だけ上げさせていただけないでしょうか」

と言うのだった。

「もうここ、引き払うので家の整理もありまして、上がっていただいても座布団もないような有様ですし、夫が寝ておりますので」

夜中に知らない男を家に上げるのはどう考えても無用心だと思った皐月は、警戒心を解かずに嘘までついた。するとガラス戸の向こうの男はようやく事態を理解したのか、

「そうですよね、ほんとにこんな夜に非常識だ。すみませんでした。おばさんには世話になって、僕なんかもう、こっちに家もなにもなくなってしまってるんで、たまに戻ってくると実家みたいに寄らせてもらったりしてて、ついついずうずうしいこと言ってしまいました。すみません。鶴見洋平《ようへい》がお礼言ってたって、お線香上げるときにでも、そう言ってください。すみませんでした」

男はそう言って帰りかけたが、皐月のほうにはもやもやと記憶の底からなにかが蘇ってきて、思わず、

「洋平ちゃん？」

と口に出す。

「はい」

「角の鶴見豆腐店さんの、洋平ちゃん？」

「そうですけど」

「待って」

皐月は玄関の鍵を回し、がたがたと引き戸を開けて、振り返った男を見る。

五十がらみの、ほどよくグレーに見えるくらいに白髪が混じった豆腐屋の洋平ちゃ

んは、みんなが「洋平ちゃん」と呼ぶから皐月もそう呼んでいたけれど、皐月の記憶の中ではずいぶん立派な大人で、こんな、うっかりすると自分と十歳も年が違わないんじゃないかというような人物ではなかったはずだった。

目の前の洋平ちゃんは、

「あ、ごめんなさい、あんまり久しぶりで」

と言った。

「すーごく前だけど、川遊びに連れて行ってもらったことがあるんです。そのときはもっとおじさんだと思ってたけど、いま会うと案外、若いのね」

「うわー、だって、あかんぼだったろ」

「あかんぼはその下の妹よ。私は幼稚園行ってたわよ」

「幼稚園じゃ、まあ、あかんぼだいねえ」

そう、少し訛《なま》りのある口調で言って、「洋平ちゃん」は、ごましお頭を掻き回した。開けてしまったついでで、お線香だけ上げて行ってもらうということになり、「洋平ちゃん」は、

「だんなさん、寝てるのにすみません」

と言うので、

「あれは、嘘よ」

とごまかして笑って居間に通した。

自宅から運んできた仏壇はまだ大きな紫の風呂敷に包んだまま畳に置いたきりだった。

とりあえず風呂敷を開いて外に出し、ろうそく立てと香炉はまだ車の中だったことを思い出して、面倒なので省略して「洋平ちゃん」にはライターで線香に火をつけてもらい、しかたがないのでコップに立てて仏壇の前に置いた。「洋平ちゃん」は静かに目を瞑《つむ》って手を合わせていた。

「母を訪ねてくださっていたんですか？」

「う〜ん、私のところは父の代で豆腐屋を畳みましてね」

「え？　じゃ、角のところのは？」

「あれはべつの人がやってるんです。あそこで作ってないんだ。店先に豆腐を置いているけどね、水出して。中へ入ると無農薬野菜の店ですね」

ごましおの「洋平ちゃん」は、皐月のほうへ向き直り、

「ずいぶん前にこの土地を離れて妻の実家のある須木へ移ってしまったんですが、こちらに墓参りに来た折に、おばさんに見つけていただいて、寄ってらっしゃいよとお茶をごちそうになりまして。それ以来、なんだか懐かしいもので来れば顔を出すようになってたんです。それが、亡くなったことも知らずにいたなんて、ほんとに情けない。恩知らずです」

そう、頭を掻くので、

「ここ、二、三年はいらっしゃってなかったんですね」

と応じると、

「じつを申しますと、ここへ来るのは八年ぶりなんです」

と言うから、皐月は仰天して湯呑みを取り落としそうになる。

「ちょっと待ってください。じゃあ、おばさんっていうのは、皆藤の、皆藤の伯母のことですか?」

「はい、皆藤さんのおばあさんです」

「それはうちの母じゃなくて、皆藤の伯母ですよ」

「はあ、ですから、私は、皆藤さんと」

　そこで話を整理してみると、「洋平ちゃん」が結婚して引っ越してしまったのはかれこれ三十年も前で、豆腐屋が畳まれたのも二十年以上前、その後ときどき訪れる「洋平ちゃん」にお茶を出していたのは、皐月の伯母で、八年前を最後に「洋平ちゃん」はこちらにある墓を整理して自宅近くに新たに墓を作ったのだそうだ。

「私、仕事が外車のディーラーなものですから、酔狂な客が高い車買いましてね、どうしてもお盆前に納品をしろとごねられまして、仕方なく持ってきたのが東北道の、ここよりちょっと先だったもので、お盆に生まれた土地の近くへ来るのもなにかの縁と思って、寄り道をしたんです。そうしたら、皆藤さんの家にあかりがついてたもんだから、なんだか寄って行かなきゃ申し訳ないような気がして。そうですか。皆藤のおばさんが亡くなって、義理の妹さんが住まわれて、それがまた三年前に亡くなったんですね。もう一本、線香立てよう」

　鶴見豆腐店の、跡を取らなかった息子は、くるりと座布団ごと回ってまた仏壇のほうを向き、ライターで線香に火をつけて、短くなった先ほどのものの脇に投げ入れ、手を合わせた。

「それじゃあ、私のことは誰だと思ったんですか？　皆藤の伯母には娘はいませんでしたが」

「ええ、ですからね、そのことです」

ひげもごましおの「洋平ちゃん」は、顎《あご》を撫でながらこたえた。

「だけど、あの話の流れで、線香まで上げたいと言っておきながら、『あなたはどなたです?』と言えませんでしたから。まあ、ご親戚筋のどなたかとは思ったわけですね」

そこまで聞いて、皐月は自分の無用心な性格がいまさらながら少し怖くなり、「洋平ちゃん」がいい人でよかったわ、と胸のうちでつぶやいた。

ところが、なにに気を許したのか、この中年男性は次に妙なことを言った。

「お盆が近いのも気になりまして。私がここを通りかかったのも偶然なら、皆藤さんの家に明かりがついていたのも偶然、そこに人がおられたのも偶然となると、この偶然には意味があるように思われましてね。皆藤のおばあさんに亡くなった娘さんがおられたことを思い出したわけですよ」

「え? 伯母に娘が?」

「ええ」

真顔で「洋平ちゃん」はうなずいた。

「皆藤の伯母に、娘が?」

「ええ」

「ほんと?」

「あかんぼだったですけどねえ、私が知ってるのは。少なくとも幼稚園じゃ、年少さんです。あのころは私もまだ子どもでしたから、子ども仲間で川へ行くときなんかに、後からついてきたか、連れて行ってやれと大人に言われて担いで行ったかしたと、思い出しまして」

かすかに「行く」が「行ぐ」と聞こえる土地訛りで男は続ける。

「でも、私は伯母の娘という人に会ったことがありませんよ」

「死んじゃったんです、小さいうちにね」

「ええ? 知らなかった」

「おそらく奥さんが生まれるより前ですよ。あんまり人には話さなかったんじゃないですか? 悲しい思い出だからねえ。川で足を滑らせて。私たちと遊んでるときじゃないですよ。勝手にひとりで行っちゃって、亡くなったんです。夢見は悪かったです、そのときは。だって、小さな子が、私ら、いつも遊んでる川で流されたなんていうんでしょう？　背筋に冷たいものが走るというかねえ」

「そうですねえ、ちょっと川で遊ぶのがこわくなる話ですね」

「まあ、また遊びましたけどね、私ら。だけどまあ、今日の今日で、それでまた、お盆でしょう。ほんとに皆藤さんの娘さんかと思ったんですよ」

「私のこと？」

「ごめんなさい。あんまり、妙な偶然が続いたもんだから」

幽霊と間違えられた突拍子のなさもさることながら、目の前の中年男があんまりすまなそうに言うので、皐月はとうとう笑い出した。

「いやだ、たしかに私、『川遊びに連れてってもらった』って言っちゃったもの。なんだかこわい偶然ですねえ」

「はい。ちょっとこわかったけどね」

あはは、と「洋平ちゃん」も笑った。

「だけど、ヘンじゃないの？　子どものとき死んだら、死んだときの年齢の幽霊が出るんじゃないの？」

「だから、そこもおかしいとは思ったんだけどねえ。こんなに育っちゃったかとねえ」

二人はひとしきり、男の勘違いを笑った。それから「洋平ちゃん」は、「遅い時間に長居は無用」と言いながら立ち上がって玄関へ行き、靴を履いた。皐月が懐中電灯で足元を照らそうとすると、それを取り上げて、皐月の運転してきた車のタイヤに当てて、

「そろそろタイヤ替えてください。雨の日に危ないんです、こういうの。くれぐれも運転は慎重に！」

とアドバイスすると、頭を一つ下げて闇の中に消えて行った。

二日目は朝から、布団干しやら掃除やらに追われる。

使うのは仏壇を置いた居間と、隣の六畳間だけと決めて、そこだけ力を入れて固く絞った雑巾で畳の目を拭いた。夜も、大人四人、子ども二人の総勢六人は、この十畳ほどの空間に雑魚寝《ざこね》することになるだろう。だいいち布団じたいが来客用も含めて四組しかないから、香代は子供たちのために寝袋を持ってくると言っていた。そんな、

学生の夏合宿みたいな寝かたは久しぶりだ。

昼になって、香代が亜由美と勉《つとむ》を連れて現れた。

亜由美は小学校三年生で、下の勉は幼稚園の年長組、来年は小学生になる。子どもたちを見ていると、月日の流れる速さを思う。南アからはしばらく帰れそうにないらしいけれど、その間にどんどん大きくなってしまうのだろうと、感傷に浸《ひた》る伯母のことなどほったらかしにして、子どもたちは庭で遊び始めた。

おてんばの亜由美は、庭の隅に積まれた、苔が生えている石板を足場にして家の西北を囲む塀によじのぼり、平均台を使うような格好で歩く。背が低く、足も短い勉は上りたいのに姉の真似ができず、しばらく地団太を踏んでいたがとうとう泣き出した。香代がめんどくさそうに近づいて、抱き上げて塀の上に乗せてやると、こわくはないのかぱたぱた歩く。

子どもの授からなかった皐月が見ていてはらはらするほどには、危ないことでもないのかもしれない。考えてみれば、自分だって小さいころは、塀だの木だのによじ登るのが遊びだった。そんな感慨とともに見ていると、自分や姉や妹や名前も忘れてしまった記憶の中の親戚の子どもたちが、庭を駆けている光景が見えるように感じられる。

それでも、駆けている赤い吊りスカートの女の子の後姿が誰のものかはわからない。ノスタルジックな設定のテレビドラマかなにかで見た場面を、自分の子ども時代と重ねているのかもしれないという気もして、思い出の意外な底の浅さを苦々しく思いもする。

割烹着姿でおはぎを作っている伯母が、すり鉢のへりにひっついたあんこを指でこそげとって舐めろと差し出す動作などは、たしかなリアリティをもって浮かび上がるのだけれど、伯母から視線を逸らして縁側の先を見ると、そこに立っている毬栗頭《いがぐりあたま》に半ズボンを穿《は》いて虫取りの網や籠を手にした少年の姿などは、ほとんど漫画の世界の住人めいて、自分の過去から浮かび上がったものとは思えなくなる。

「昨日の夜、ヘンなお客さんが来たのよ」

そう言って、昨晩訪ねてきた豆腐屋の「洋平ちゃん」の話をしたら、そんな深夜に人を入れるのは無用心だと、妹の香代は眉をひそめた。

お盆の飾りつけをするからと大きな声で呼ぶと、庭にいた亜由美は一目散に駆け込んできた。塀から降りられなくなった勉はまた泣いて、香代に抱き下ろされて、そのまま抱かれて入ってくる。

「仏壇の飾りったって、よく知らないんだけどね」

と、香代は言う。

「ほおずきがかけてあったわ」

母の小さな仏壇ではなく、箪笥くらいの大きさもある大きなものが、かつてはその居間に置かれていて、丸い実を入れて膨らんだほおずきが、扉を飾るようにかけられていた。

誰だったか、もう名前も思い出せない親戚か近所のお姉さんが、ほおずきの実をぐじゅぐじゅ揉んで中身を出して、それを口に咥《くわ》えて吹くと、カエルの鳴き声のような音がすると教えてくれた。皐月はのんびりした性格でほおずきの実をいつまでも揉んでいる子供だったが、香代は気短でちょっと揉むともう中身を出そうと力をこめて押すので、すぐにオレンジ色の皮が割れてしまって、ほおずき笛が作れないのだった。

「茄子ときゅうりの馬は?」

小三の亜由美は眉間にしわをよせる。

「うちのお盆は、なかったよねえ」

と、皐月が香代に確認すると、

「なかった」

香代は言いながらも、

「でも、亜由美が作りたいって言うから、作ってもいいんじゃない?」

と、スーパーのレジ袋から、そっと夏野菜を取り出す。

「え? この土地の伝統的なお盆について自由研究するんじゃなかったの?」

「だけど、お盆のメインは野菜の馬だもの。馬がないと、お盆ぽい感じがしないもの。ほんとは精霊流《しょうりょうなが》しもしたい」

亜由美が口を尖らせる。

「精霊流しも、この辺ではしなかったと思うけど」

「だけど、それじゃあ、お盆ぽくないもの。学校で、『ニッポンの伝統行事』で習ったのに。じゃあ、ここのお盆は、どこがお盆ぽいのよ」

どこがお盆ぽいと聞かれても、皐月にもよくわからない。

「うどんじゃない?」

汗でくもった眼鏡をずりあげながら、香代が助け舟を出した。

「うどん？」

「人がおおぜい集まるときには、手打ちのざるうどんを食べるのよ。この辺じゃ、なんでもうどんだもの。『うどんは別腹』とか、『朝まんじゅうに昼うどん』とか言うのよ」

「それは、しょっちゅう、うどんを食べるってことで、お盆だからというのとも違うんじゃないかな。むしろ、おはぎじゃないの？」

「おはぎじゃないわ。ぼたもちというのよ。おはぎはお彼岸で、お盆に食べるのはぼたもち。あれはこしあんとつぶあんの違いじゃないのよ」

「違うわよ。お盆に食べるのはどっちだっていいのよ。春のお彼岸に食べるのがぼたもちで、秋に食べるのがおはぎでしょ。牡丹と萩なんだから」

母親と伯母がピントのはずれた話題を提供したので、亜由美はまた怒り出し、どうしても野菜の馬を作るのだという。

きゅうりに割り箸を刺した早馬に乗って、ご先祖様は里帰りをし、茄子ののろのろ牛に乗ってあの世に帰るらしいが、なぜ群馬の田舎で野菜の牛馬を作らないのか、皐月にも香代にもよくわからない。ただ、迎え盆の十三日には墓まで提灯を持ってお迎えに行き、提灯に火を入れて帰ってくる風習があるから、精霊は野菜の動物ではなくて提灯にゆられてお帰りになるのではなかろうか。しかし、それでは他の地方では、霊がどこから馬に乗るのだか、真剣に考えるとわからなくなる。

ともかく折りたたみ式のちゃぶ台に真菰のござをかけて、その上に仏壇を載せて扉を開き、手前の空いたところに子どもたちの動物を飾り、丸皿に夏みかんとメロンとバナナを盛った。小さなざるに、お迎え団子も載せた。古い盆灯籠を出してきて、精霊棚の脇に置いた。

香代がちゃぶ台の四本の脚にそれぞれ背の高い細い竹の棒をくりつけ、てっぺんには麻綱を渡して四隅を縛り、そこに皐月が持ってきたほおずきを掛けた。

五時過ぎに、夕食の支度をするという香代を残して、子ども二人を連れて墓参りに出かける。迎え盆、というやつで、ものの本には「迎えは早く、送りは遅く」と書いてある。

けれども、思い出せるかぎりのお盆の記憶は、夕闇がせまりつつある農道を早足で墓へ急ぐ家族の肖像だ。たいてい準備で手間取って遅れて、「日が暮れてからでは、ご先祖が路頭に迷う。日没前には間に合わせなければ」というような時間帯だったのだ。

菩提寺に続く道は、かつてはタイヤの跡のついたでこぼこ道で、農具を載せた軽トラックが通るたびにひどい砂埃を上げたものだった。いまでは、すっかり舗装されて道を広げ、高速道路の入口まで まっすぐ続いている。畑だった土地も、いつのまにか住宅地に変わった。

それでも、お迎え団子を入れた袋を提げた勉が、やみくもに走ろうとするのに注意しながら、西側にそびえる山並みを眺めれば、だんだんと傾いていく太陽の光を後ろに背負って稜線を濃くしていく山々の煙ったような藍色を思い出し、懐かしい場所へ帰ったような気分になる。

寺にたどり着いて、墓を訪ね、墓石に水をかけ、団子と花と線香を供えると、皐月は持参した提灯に、線香の火を移した。

「いよいよですな」

声をかけられて振り返ると、袈裟を着た住職が、箒を片手に立っている。分骨した母の骨を埋葬するときにお世話になったので、顔は見知っているが、ここ三年くらい

ごぶさたしていた。恐る恐る、

「今年、こちらでお盆をしたいのですが」

と電話をしたら、ものすごく明るい声で、

「いつでもどうぞ」

と言ったのがこの住職だった。いつでも、と言われても、お盆なんだから日は決まっているではないかと思いながら、それでは十四日の夕方にと、お経をあげに来てもらう日取りを決めたのだった。

「明日ですね」

「はい」

「このごろではお盆に墓参りに来る人さえ少なくなりました。まあ、これも時の流れと言うのでしょう。私たちも法話のときに、折々に手を合わせて亡くなった方と会話をするのがご供養だと言ったりして、伝統的な法事をおろそかにするのは罰当たりだなんてことは、言わないようにしています。それだけでも人の心が離れますのでね」

いきなり愚痴をこぼしはじめた住職は、

「しかし、こうして、郷里の伝統的なお盆を復活させようと思われる、お若い方もある。なにか坊主としても久々にやる気が出ます」

と、笑った。

「はあ、それなんですが」

「どうしました」

「私が今年の秋から主人の海外赴任について南アフリカに行ってしまうことになり、お墓のお世話が難しくなりそうなのです。だから、今年のお盆を最後に、永代供養をお願いしようかと考えていまして、そのことはまた、ご相談に上がるつもりでおります」

「そうですか」

僧侶はこころなしか、肩を落とした。

そして、話題を変えたほうがいいと思ったのか、墓石の周りで飛び回る子どもたちをニコニコして眺め、それから、

「ご精霊を提灯に宿してお帰りになりましたら、精霊棚のろうそくに火をうつす前、お家におあがりになる前に、足をお洗いになってください」

と、言った。

「足？」

鸚鵡《おうむ》返しに問いながら、ああ、たしかに子どもだったころ、お墓から帰って縁側から家に上がる前に、水を入れたバケツに足を入れて洗うか、もしくは洗う振りをしたことが、ぼんやりと思い出された。

「このごろじゃあ、ご存知ない方も多くてねえ。そうだ、奥さん、地獄の釜の蓋が開くのが、いつだかはご存知ですか？」

「だいたい今日ですか？　東京は七月が多いそうですね」

「いやね、月の初めにはもう蓋は開いているんですよ。釜蓋朔日《かまぶたついたち》、一日は釜の口開け、なんて言いましてね。だから、もうここ二週間くらいは、みなさん、ふらふらしておられる。それが今日はこうやって、ご親類縁者に迎えられて、それぞれのお家に帰っていくんですねえ」

住職も妙なことを言い出した。

お気をつけてと送られて、子どもをうながして帰り道を辿る。

お団子食べたかった？　おいしくなさそう、おいしくないねえ、お団子、おいしくないでしょ、知らない、食べたことないもの、あんこつければおいしいかな、お墓の石の上のお団子なんておいしくないよう。

そんなことを、自分と香代も幼い頃に言い交わしはしなかったろうか。

家に戻ると料理好きの香代が、せっせとおはぎをこしらえていて、いつのまにか到着した夫の優が、畳に足を投げ出して文庫本を読んでいた。

「来てたの？」

「十三日には来るって、言ったよ」

優は少し不満げに言い、それから思い出したように、

「この家はさあ、このあたりじゃあ、有名な家なの？」

と続ける。

「なんで？　べつに有名じゃあないわよ。ただ、古いだけ」

「近くで迷って人に道を聞いたらさ、『皆藤さんのお宅ですか』って、なんだかうれしそうに案内してくれてさ」

「どんな人？」

「女の人。ちょっとこう、地味な感じの美人だったんだよ」

「『うれしそうに案内してくれた』じゃなくて、『美人に案内されてうれしかった』っ

て、素直に言えばいいのに」

おはぎを皿に盛って台所から出てきた香代に指摘された夫は、照れ隠しか、一つ摘み上げて口に運び、また、どこかで聞いたような会話が交わされる。

だめだよ、仏様が先、ごめん、もう食っちゃった、知らない、いいよじゃあ、ちっちゃいお皿出してよ、そこに仏様のを盛るから、子どもたち、手、洗った？

「ねえ、その地味な美人さんの名前、聞いた？」

「知り合いみたいだったよ、おふくろさんの。明日にでも、顔出すって言ってた」

「顔を出す？　どこに？」

「ここにじゃない？　だって、お盆て、そういうものなわけだから」

よほど気に入ったのか、優は二つ目に手をつける。

「田舎ってやっぱり、どこか違うわね」

香代も子どもたちに菓子を取り分けながら座り込んだ。

「すごく違うわね。じゃあ、近所の人が勝手に来てお線香上げて行ったりするっていうこと？　お茶とかお菓子とか、足りるかしらね」

「そんなには来ないだろ」

優はあくびまじりの声を出し、文庫本に戻る。子どもたちはあんこだけ舐めるように食べて中のもち米を残し、香代に文句を言われている。

そして夕食に、精進料理とは呼びがたい妥協策の野菜カレーを食べ、子供を寝かしつけた後で、なぜだかまた例の「地味な美人」の話になったのは、優が妙なことを言い出したからだった。

「紀美代《きみよ》さん、ていうのが、君と香代ちゃんのお母さんだよね？」

「そう」

「テルユキさんってのは誰？」

「知らない」

「紀美代さんの弟って言ってたけど」

「あーあ。ブラジル行った人？」

「ああ、そうだ。ブラジル行った人だ。たしかにそういう名前だった」

「親しかったって言うんだよね、その、地味美人」

「地味美人は何歳くらいの人なの？」

「だからさ、四十代かなあ。三十代くらいにも見えるし、ちょっと年齢が読めないいんだよね、美人は美人なんだけど」

「強調するわね」

「着てるものが地味なのかなあ。なんか、ボクの勘では、テルユキさんて人と、なんかあったなって感じだった」

「じゃあ、六十代じゃないの？」

「だからそれがさ。ヘンな感じで、気になったんだよね」

どこがどう、「なんかあったなって感じ」なのかと、姉妹が缶ビールを手に手に問い詰めると、優がこんなことを話し始めた。

駅を出て、皐月に言われたとおりに地元を巡回しているバスに乗り、「地蔵前」の停留所で降りてうろうろしていると、地味美人が路地から出てきたので、声をかけて地図を見せた。

しばらく地図を眺めていた彼女は、急に顔を輝かせて、皆藤さんの家に行くのか、と訊く。その苗字に記憶がなかったので、皐月の旧姓である「立木《たちき》」を口にし、けれどもその「立木」さんは女性で、結婚して調布に住んでいたのを、晩年、生家に戻ったのだと聞いているとこたえた。

すると、地味美人は「それは紀美代さんか?」と言う。たしかに、妻の母親の名前は「紀美代」だったから、そうだとこたえると、「それじゃあ、やっぱり皆藤さんち」と言って、女はうれしそうに笑ったそうだ。そして、「テルユキさんの家には、何度も行った」と言うのだ。

「『私、テルユキさんとなら結婚してもいいと思ってた』って、言ったんだよ、初対面なのに。ボクの腕っていうか、肘の辺りをつかんでさ」

「その人、ちょっとヘンじゃない?」

「だからヘンだって言っただろ。『私がテルユキさんと結婚していれば、ブラジルなんか行かなかったかもしれない。でも、結局私もこんなことになっちゃったから、どのみちいい奥さんにはなれなかったわね』って言うから、『ご結婚はなさらなかったんですか』って訊いたら」

「優さんもすごいことを訊くわよ、初対面なのに」

「いけない? そしたら『したのよ。したけど、こんなことになっちゃったから、私、奥さんには向かないのかもしれない』って言ってたから、離婚したのかもしれないな」

三人の会話がぱったり止むと、静かに風が吹き込んだ。庭先すぐの叢《くさむら》から、鈴虫の鳴き声が続いている。

「だけど、ヘンよね。たしかに叔父さんはお母さんよりかなり若かったけど、それでもお姉ちゃんより十歳くらいは上だったもの、それですぐブラジル行ったんだもの、当時の恋人が二十歳だとしたって、五十にはなってるんじゃないの？」

「わかんないわよ。最近はいい手術もあるし、女優さんなんかみんな年齢不詳じゃない。きちんと老けてる人、珍しいもの」

「もしかしたら、あの人、生きた人じゃないんじゃないかな」

優がそう口に出し、女二人は怪訝な顔をした。

「ほら、お盆だからさ」

優はにやりと笑った。

つまんない、怪談のつもり？　と女たちは笑い、昨日もそんな話になったわよ、その人なんか、私のことを幽霊と間違えたんだから、と皐月は話し出して、そうして三人はひとしきり笑った。

翌朝、皐月は香代と二人で草市に出かけた。

お盆の時期だけ、駅前の商店街に草市が立ち、仏前に供える花や野菜を売るという。さびれた商店街の一角には、たしかに小さな市が立っていた。組み立て式の屋台にむしろが投げられ、花や野菜、ほおずき、おがらなどが、無造作に置かれている。籠に盛られた夏野菜は小ぶりで美しく、香代がスーパーマーケットで買ったものよりも品がよかったが、わざわざ買うほどのものでもない。代わりに籠に盛った秋の七草と、蓮の葉を二枚買って帰ることにした。

季節の市なのに案外立ち寄る人も少なそうで、

「景気はどうなの？」

世間話をすると、市場の男は、

「年年歳歳《ねんねんさいさい》、だめだいねえ」

と、わずかに土地の人間と知れる訛りを返した。

戻って昼ご飯を済ませると、優が子どもたち二人を連れて川へ行くというので、皐月は少し心配になった。例の、川で流された子どものことを思い出したからだ。

「だいじょうぶだよ、ひとりで行くんじゃないんだから」

大人のような口調で勉が主張した。

「お盆だから、魚は釣らないでよ。それから四時前には帰ってきて。お坊さんがお経あげに来ちゃうから」

香代の言葉を背中に聞きながら、優と子どもたちは出かけて行った。

二人きりになった姉妹は、まだ整理しきれていない母の残した荷物の中から、古いアルバムやら着物やら手紙やらを取り出して、埃を払ってはそれに見入った。

大正から昭和の始めごろに撮影された写真の数々は、見てもほとんど誰のものだかわからなかった。松子さん、富士子さん、彩子さん、登美子さんなどと、名前が横に書いてあって、女学校の制服を着た女の子がすまし顔で写っている。

ひとりとして思い当たらないばかりか、自分の母親すら見つけられないでいて、はたと気がついたらそれは、死んだ伯母のものだった。

そのほかにも、おそらくは死んだ伯父のものと思われる紋付袴が出てきた。それから、それ以上に古い、時代も人物も背景もなに一つわからない、変色した写真がごっそり袋に入っていて驚かされた。達筆で読めないハガキも、戦地から送られたらしい封書もあった。

母が死んだときにあらかた処分したものと思っていたが、家を洗いざらい空にしようと思うと、まだまだ出てくるものがある。

そんなふうなら、案外、地味美人とブラジルへ行った叔父がやりとりした手紙など残っていないだろうかと、冗談を言ってみるが、そんなものは出てこない。

その代わり、午後二時ごろになって、ゆらりと門をくぐってやってきたのは、ひとりの女だった。

女は、こんにちはぁ、と挨拶をして、縁側に腰をかけ、今日来ればみんないるって、そう聞いたからと、どこか似合わない、明るい声を出した。

「さーちゃん？」

女は皐月の顔を見て言った。

「こっちが、香代ちゃん？」

まあ、大きくなっちゃった、と、女は三十、四十の人間にかけるには間の抜けた言葉を発した。だいいち、奇妙なことに、下手をすれば皐月や香代より年下に見えなくもない。

「紀美代さんが亡くなったんですってね。お線香上げさせてくださいな」

女は縁側からするりと上がりこんで、すばやく線香を取って火をつけ、鉦を一つ叩いて、手を合わせた。

近所に住んでいるのだから、不思議はないのかもしれないが、女は手ぶらでバッグも財布も持っていなかった。Aラインの紺のスカートからはみ出した脚が、日焼けをしない体質なのか、びっくりするくらい生白い。

「叔父と、おつきあいされてた方ですか？」

香代が問いかけると、あっさりしたもので、

「そう」

と、女は悪びれもしない。そして、香代と皐月が広げていたアルバムに目を落とし、あらあ、と懐かしそうな溜め息をもらした。

一枚一枚、丁寧にページをめくっているところを見ると、皐月たちには誰が誰やらわからない人物たちが、彼女の中では意味を持って息をしはじめるようでもあった。

若いときの叔父の写真のところで、女は手を止めた。

「叔父と、連絡は取られているんでしょうか。じつは家にはまったく音信不通で」

「私にもないですよう、ずーっとない。あの人ほんとに、私のことなんか忘れちゃっ

たみたい。あのとき、テルユキさんといっしょになってればよかった。そしたらブラジルになんか、行かせなかったのに」

まるで、それを確信できるかのように、女はそう言う。

「あのときって、いつのことです？」

「テルユキさんが、あの人と結婚する前。私に結婚しようって言ったときのことよ」

「そんなことが？」

「そうよ。私がテルユキさんを振っちゃったの。だから、あの人、べつの人と結婚しちゃったの。だけどしょうがないじゃない。私だってもう、結婚が決まってたんだもの」

話は単純なようで複雑になってきて、香代と皐月は混乱した目線を合わせた。

「だって、テルユキさんがはっきりしないんだもの。私はわからなかったんだもの。それなのに、あの人ったら、私のせいでべつの人と結婚するみたいなことを言ったのよ。しかもブラジルに行っちゃうなんて。でも、どっちにしても、私じゃ、いい奥さんになれなかったでしょうね。だって」

女は言葉を切ると、いま見つけたみたいに、仏壇を飾るほおずきの実に目を留めた。

「もう、ない？　ほおずき、ない？」

と、女は言って、昔、ほおずきの実の中身を出して、口に入れてげこげこと鳴らして遊んだものだと話し始めた。

その横顔が、どこかで見たことのあるものに思えてくるのも、気のせいか。

こうやって、ゆっくりゆっくり実を揉んでると、色がだんだん濃くなるでしょう。そうして中身がぐずぐずになったら、楊枝を使って穴を開けるの。ちょっとずつ、ちょっとずつ種を出して、お水で洗ってきれいにしたら、口に含んで吹いてごらん——。

ああ、今日は楽しかった、こんな楽しいことってなかなかない。

そう言って女は帰っていった。出した茶菓子には手をつけなかった。

ややあって、香代の夫の敦《あつし》が車でやってきた。こっちまで来ると案外涼しいね、そんなに離れちゃいないのに、都心とはやっぱり空気が違うね、という敦は神戸生まれで、家が祖父母の代からクリスチャンなのでお盆の経験はないという。

「いろいろ持って来ちゃった」

車からビールやおつまみを降ろした敦は、

「うわー、だめだ、裂きイカにサラミソーセージなんて。仏事だもん、肉魚はなしよ。

こんなの精進落としまでお預けだよ」

と、香代に取り上げられて、

「え、じゃあ、お義兄さんが来てるのにバーベキューしないの？」

真顔でがっかりしてみせた。

そこへ、川遊びから優と亜由美と勉が戻ってきた。同じくらいの年の子どもが何人か来ていて、大騒ぎになったと報告してくれる。

香代は四時にお坊さんが来るから粗相のないようにとあわてて、子どもたちの服を着替えさせるけれど、もうこの段階で勉は眠そうな顔を隠さず、お経が始まったらすぐに眠りこけるだろうと思わせた。

四時を十分以上前倒しにして、住職はいそいそと来訪した。このあたりも人の入れ替わりが激しくなってきて、お盆にきちんと僧侶を呼ぶ家庭が少なくなっているのだと言う。

「ですから、まあ、わざわざ遠方から、お若い方々が、お盆にいらした。それだけでも立派なご供養でありまして、実に喜ばしきことです」

坊主はひどく気合を入れていて、勢いお経は長くなり、そのあとの説法もやたらと長く、気がつくと勉ばかりか亜由美、優、敦までが頭をゆらゆらさせていた。

坊主の話は、結局、いかにいまどきの人がお盆をないがしろにしているか、ほんとうの意味をわかっていないかということに終始した。

盆の起源はサンスクリットのウランバナで、それは逆さづりという意味であり、餓鬼道に堕ちた母親が逆さづり、火あぶりの責め苦に遭っているのを見た目連尊者《もくれんそんじゃ》が、なんとかその母を救おうとお釈迦様にお願いしたら、飲み物食べ物をふんだんに用意して、施しをして供養に努めよと言われた、という話は、ある程度人口に膾炙《かいしゃ》している。

しかしここが問題で、

「なぜ盂蘭盆会が旧暦の七月十五日になったかと言いますと、これは、昔の修行僧が長い修行を終える時期だったからでありまして、もともとは僧侶たちにたくさんのご馳走を用意して、母のために回向を願うがいいと、まあ、このようにお釈迦様がおっしゃいまして、目連尊者は仰せの通りに僧侶にたくさんのおいしいご馳走を食べさせたわけですが、この功徳は計り知れず」

と、坊主の話は続く。「僧侶に振る舞いました」「僧侶に食べさせました」と、そこのところが強調されるので、どうも夕食を食べていくつもりらしいと思われた。

その夜の食事は、子どもにウケのいい精進料理を真剣に検討した挙句、稲荷寿司とかっぱ巻き、かんぴょう巻き、それに茄子とピーマンの味噌炒め、山菜とにんじん、こんにゃく、ほうれんそうを胡麻と豆腐で白和えにしたもの、よく冷やしたトマトにタマネギドレッシング、といった取り合わせになった。案の定、子どもたちは白和えの和え衣だけを舐めとるように食べて野菜を残し、母親を嘆かせていた。

坊主は出されたものをたらふく腹に入れると、さらにうれしそうな顔になり、それから香代と皐月と子どもたちが作った精霊棚に目を留めた。

「せっかくだから、水の子を供えてあげてはいかがでしょう」

「水の子？」

「お盆にはご先祖にくっついて餓鬼と呼ばれる悲しい者たちも戻ってくると言われています。この、餓鬼と呼ばれる者たちは、ふだんなにも食べていないので、ふつうのものが喉を通りません。そこで洗った米に賽《さい》の目に切った茄子やきゅうりを混ぜておいてやるのです。自分の親や先祖なら、お彼岸や命日など、盆以外でも墓参りくらいはするでしょう。ところがあの世にはまったく供養のなされない孤独な魂がごまんとあります。誰にもかえりみられない餓鬼たちも、お盆にだけは供養してもらえるわけです」

「その、餓鬼は、どこの家にも入り放題なんですか？」

「入り放題です。そして、どこでも、供えられた水の子をいただくことができるのです。その風習も、こうして廃《すた》れていきますれば、この先、お盆になっても、冥界は出たけれど行くところがないという事態になりかねません。坊主としては危惧するばかりです。ともかく今日は、ご縁あってここに来ていただいたのですから、餓鬼どもに少しだけ、供養のおすそ分けをしてあげていただきたいのです」

そこで皐月は台所に立ち、米を一合水で洗い、茄子ときゅうりを小さく切って、皿に盛って精霊棚に供えた。

見届けた坊主は深々と頭を下げて、今後のことは改めて、と言い、皐月がこっそり渡したお布施を満足げに受け取って帰って行った。

「いまの坊さんの話だと、坊さんと餓鬼のためにご馳走を用意する日みたいに聞こえるね」

「いままでの『お盆観』が一掃されるわね」

敦と香代が夫婦漫才のような会話を展開した。

その日の夜になって、話がまた例の地味美人に及び、たしかに今日はその人がやってきた、とても不思議な人だったわと、香代と皐月は口々に言った。

「ねえ、古いアルバムにその地味美人が写っていないか、探してみようじゃない」

と、優が言い出した。

「そんなに、美人が気になるわけ?」

「いや、美人だからじゃなくて、存在自体が気になるんだよ」

「ボクは美人だから気になる。見てみたい」

そう言って、敦はアルバムを抱えてきたが、どこにもその女は写っていなかった。

十五日は朝から、うどんのこね鉢と麺打ち台と麺打ち棒を納戸から出してきた。

母が若かったころは、実家で習い覚えた手打ちうどんをよく作ってくれたものだったが、腕にも腰にも負担がかかる作業なので、ある時期からぱったりやらなくなった。

母が亡くなって、古い家を捜索したときに、このうどん道具を発見してから、いつか作ってみようと思っていたけれど、結局、これを使うのは、このお盆が最初で最後になってしまうのかもしれない。

群馬のこのあたりでは、麺打ち棒は「嫁入り道具」とすら言われる、一家の必需品だったという。年代ものものこね鉢は、おそらく母のものではなく、祖母のものに違いない。

埃をかぶった道具を洗って縁側に干した。午後になって、製麺の作業にとりかかった。

小学生の夏休みの作文に相応《ふさわ》しいイベントには、亜由美も勉も大きな期待を寄せ、することのない優と敦も興味を示したので、一キロの小麦粉がこねあげられることになった。

粉は草市に行った帰りに寄った地元のスーパーマーケットで、「地粉」と書かれた地元産の小麦粉を入手した。ベージュがかったこの粉でないと、うまいうどんが打てないのだそうだ。母は「東京には粉がない」と、文句を言ったものだった。

入れるのは粉と塩水のみ、でんぷんなどの混ぜものは一切なし。自慢のうどんレシピは、それこそ香代が小学生のときに、学校に提出する「お母さんの味」とかいう課題のために、母をせっついて書かせたものを、今日のために引き出してきた。

粉に半量を少し欠くくらいの塩水を入れて、ぽろぽろする生地をなんとかまとめあげ、こねて丸めて生地にする。これをビニール袋を二重にしたものに入れて踏む。

縁側で男二人と子どもが順繰りに踏んでいる姿はそれなりに笑いを誘い、子どものはしゃぐ様子をカメラに収めたりしていると、通りがかりの人が、垣根越しに眺めて行ったりした。いずれも、うどん打ちには一家言ある、といった雰囲気の老人たちが、もうちょっと踏んだほうがいいなあ、とか、裏返して踏んだほうがいいねえ、とか言いながら、体が丈夫なら手本を示したいと言いたげな表情で見つめている。

よく踏んだうどんを、丸めて一時間ほど寝かせて、こんどこそ打って熨《の》す作業になった。この、熨すというのに力が要り、五歳の幼児ではまったく歯が立たず、やらせてやらせてと叫ぶ勉を腹の中に抱きこむような姿勢で、敦と優が交代で麵を熨した。

自分も、幼い頃に母親の懐にもぐりこんで麵を熨したことがあったな、と思い出しながら、皐月は、熨すそばから打ち粉をふるって折りたたんで、亜由美と二人で、麵を細く切っていく。

美しく切り分けられたうどんを、ちょうど手のひらに収まるくらいの束にして、丸く円を描くような形に、麵打ち台の上に並べる。赤いエプロンの香代が、白い割烹着姿の伯母にオーヴァーラップする。

　こうして妹やその子どもたちやそれぞれの夫の姿を見ていると、お盆に死者が帰ってくるというのは、超常現象でもなにかの比喩でもなくて、まるで同じ動作で繰り返される伝統行事の所作の中に、いまはもう亡くなってしまった人々の面影が立ち現れる、そのことを言うのではないだろうかとさえ思えてくるのだった。

　そんなことを考えていた矢先だったから、盆提灯を掛けた門をくぐって、藤色の絽の色無地に麻帯を締めた女が、少し前かがみになってこちらへ向かってくるのが見えたときには、息を呑んで、お母さん、と口走った。

　香代が作業の手を止めて、ずり落ちた眼鏡の位置を直しながら目を細め、あ、ほんとだ、お母さん、と言う。

　なんだ、なんだ、と男たちが声を上げて、庭先に目をやると、母の着物を着た母にそっくりの女はひとり、へたるようにして縁側に座りこみ、なんて遠いの、お水を一杯ちょうだい、と言った。

「ひょっとして、お姉ちゃん？」

　水を汲んで出てきた香代が言い、

「ひょっとしてもなにも、私はお姉ちゃんよ」

女は憮然とした面持ちになった。

だって、お姉ちゃん、それ、お母さんの着物じゃないの。そうよ、私、夏の絽のいい着物なんてこれしか持ってないもの。帯だってお母さんのでしょ。だってこれに合う帯っていったらこれしかないでしょう。知らなかったお姉ちゃんが来るって、だって、鮫洲の新盆なんでしょう。いいの、いいの、準備の大掃除のときから行ってるんだから、嫁の勤めはもう果たしましたよ、だいいちあたし、三男の嫁なんだから、あんたたちここで最後のお盆をやるって言ってたじゃないの、私だって見納めなんだったら見ておきたいわよ。

そう言ってあがりこみ、あらなんだ、おうどん打ったの、おいしそう、これがいただけるわけなの、と舌なめずりせんばかりの「お姉ちゃん」は、見た目だけならほんとうに五十代のときの母としか思えない瓜二つぶりなのだった。

「智晴さんは、いっしょじゃないの?」

「あの人はいいの。ほっときゃ」

「鮫洲の新盆は、どうだったの?」

「どうもこうも、例の、遺言と財産分与の話ばっかりよ。結局、お義父さんの遺言どおりにあっちへいくら、こっちへいくらって贈ることになって、それがまたたいへんな作業だった、みたいなことを、お義兄さんも愚痴っぽく言うくらいなら、生前からきちんきちんと、お義父さんと話し合っておけばよかったのよ。もう結局、会社だなんだっていうのは、ほら、個人のアレとは違うからお義兄さんのものも同然なんだし、三男の智晴に来るものなんか、あんた、これっぽっちも」

この姉が来ると、いきなりいろいろなことが現実に引き戻されて批判の対象にされる。

ぐらぐらに沸いてきた鍋に、たったいま打ったばかりのうどんをほぐしながら振り入れる。白い泡が立って、吹きこぼれそうになるのを用心して火加減しながら八分ほど茹でて、冷水にとって洗うように締めると、つやのいい、潤んだようなざるうどんができあがった。

鰹で出汁をとっては精進料理にならないのでは、と香代が悩むのを、なに言ってんの、お盆に帰ってくるご先祖様だって、おいしいほうがうれしいじゃないのと「お姉ちゃん」は一喝《いっかつ》し、早く作んなきゃ、うどんがのびちゃうと、色無地に台所の引き出しから引っ張り出した割烹着をつけて自ら台所に立つものだから、いやが上にもその姿は母に似て、ふだんは使うこともない「生き写し」という言葉が皐月の脳裏をよぎる。

ざるに盛ったつやつやのうどん、湯気の立つ麵つゆ、茹でた青菜が食卓に並んだ。擂《す》り胡麻、刻み海苔、しょうがのすりおろし、刻んだ油揚げ。それに、香代が作った色とりどりの精進揚げ。これらを好きなようにつゆに落として、冷たいうどんを汁につけながら、すすりこむ。

昔々は、もっと大勢の人々が膳を囲んだ。もう亡くなってしまった人たち、どこかに行ってしまって連絡の取れない人たち、名前もわからなくなった、遠い親戚、縁者たちが、かつてはこんなふうにして、うどんの大宴会をしたものだった。

「ねえ、お姉ちゃん、伯母ちゃんに、娘がいたって知ってる？」

皐月はふと頭に浮かんだ問いを口にした。

「ここん家《ち》の？　ヨウコちゃん？　死んじゃった子でしょ」

「あ、そうなの。やっぱり、死んだの」

「私より、二、三歳、下じゃないかな。かわいそうだったけど、水難事故だったわね」

「豆腐屋の洋平ちゃん、覚えてる？」

「ああ、あの、新車のディーラーになった人でしょ」

「すごいね、お姉ちゃん。よく覚えてるわね」

「あの人もたしか亡くなったんでしょ」

「なに言ってるの？　亡くなってないわよ。おととい、ここに来たんだもの」

「あらそう。奥さんの実家だかに引っ越して、豆腐屋も人に売ったって聞いてたけど、お盆には帰ってくるの」

「八年ぶりだって言ってた。どっからお姉ちゃんにはそういう情報が入るの？」

「まあ、お母さんが生きてたころは、そういう話も聞いたわよ」

生前の母と長姉の史江は、ちっとも仲がよさそうではなかったが、さすがに年が上だけあって、「あの人」だの「この人」だのの知識に重なるところがあるらしい。

この姉なら知っているかもしれないと思って、皐月と香代は同時に口を開いた。

「テルユキさん」

「叔父ちゃん？」

「そう」

「知らない。音信不通でしょ」

「じゃなくて、その叔父ちゃんの元彼女って人」

「結婚相手じゃないほう？」

「ないほう」

「トキエさん？　あの人も死んだ？」

「だから、死んでないって。そう、誰でも彼でも殺すもんじゃないわよ。昨日、お線香たてに来たんだってば」

「あら。だって、あの人、どっか遠方へお嫁に行ったんじゃなかった？　叔父ちゃんが結婚してから、連絡なかったと思うけどね」

「出戻ったみたいなの」

「うそよ。出戻ったらわかる。お母さんに、そういう噂、入る」

「お母さんが死んでからなのかもしれないじゃない。ところで、あの人、いくつ？」

「トキエさん？　あー、どうだろ。お母さんが、生きてりゃ七十二で、叔父ちゃんが八つ下だから六十四？　わかんない。いいとこ、六十か五十いくつか、そこいらじゃないの？」

優が大げさに首を振り、香代と皐月も静かになった。

「なに。どうしたの？」

「どうもしない。じゃ、お姉ちゃんより、年上？」

「あたりまえじゃないの」

史江は憤慨するけれど、昼間、家にやってきた地味美人は、いって四十代にしか見えなかった。

こうやって、ゆっくりゆっくり実を揉んでると、色がだんだん濃くなるでしょう。そうして中身がぐずぐずになったら、楊枝を使って穴を開けるの。ちょっとずつ、ちょっとずつ種を出して、お水で洗ってきれいにしたら、口に含んで吹いてごらん――。

あの姿がやはり自分にほおずき笛の作り方を教えてくれたお姉さんのように思われ、けれどそれではどうしても年齢の計算が合わず、それではあの人はなんだったのかと、つい夫が口にしたようなことを考えてしまいそうになるけれど、それはあまりにばかばかしくて、取り合う気にはなれない。

翌朝、早々に、史江は引き上げて行った。

お墓のことや、位牌のことは、あんたがいなくなってから私がなんとかするから、そうひとりで抱え込まないで、旅支度をしっかりやりなさいよ、ともかくもう一度、ダンナを連れてきて、いらないものの処分なんかをするから、そのときにあんたも来てちょうだい、と、一方的に仕切って帰っていったので、後姿を見送った皐月と香代はちょっと笑った。

午前中に荷物をまとめた香代夫婦と姪甥も、帰省ラッシュは覚悟の上だけれど、この時間帯なら高速を使わずに裏道を飛ばして帰れると豪語する敦の運転する車で帰って行った。

そうして、送り盆は、皐月と優だけに託された。

また、来年も来る？　来年も来る？

帰り際に、勉が香代に何度も訊いて、来年は来ないのよ、このおうちがもうなくなってしまうからねという答えに納得できず、来年も来ようよ、来年もいっしょに遊ぼうって約束したんだから、と甥はだだをこねる。

優おじちゃんなら、来年も遊んでくれますよ、とたしなめるように言い含める妹の香代の声に重ねて、おじちゃんじゃないもん、ヨウコちゃんだよ、と甥が言う。

誰よ、ヨウコちゃんて。

来年も遊ぼうって約束したんだよ。来年も来る？　来年も来る？

だから、来年は来ないのよ、このおうちがもうなくなってしまうからね。

来年も来ようよ、来年もいっしょに遊ぼうって約束したんだから。

壊れたレコードのように繰り返す甥の声が、車のドアを閉めたとたんに聞こえなくなり、ほんとうに甥が「ヨウコちゃん」と言ったのだかどうだったか、確かめないままに見送ることになった。

いっしょに遊んだんだよ。

「ねえ、勉たちといっしょに川に行ったとき、同じくらいの子どもたちと遊んだって言ったわね」

振り返って、皐月は夫に問いただす。

「何人かいたね」

「女の子もいたの？　勉くらいの」

「どうだったかな、いたような気もするね」

その子の名前は、ヨウコちゃんだった？

そう訊ねようとして、訊いてはいけないことのようにも、訊くまでもないことのようにも思い、問いを呑みこむ。

灯籠の火を提灯に移し、夫をうながして歩き始めると、やはり提灯を手にして寺に向かう見知らぬ老婆が、先をゆっくり行くのが見えた。

これが最後の送り盆になる。

解説　消え去る空気を書きとめる

瀧井朝世

その時代の空気を描く人。

それが、私が中島作品を読んできての印象である。明治期に書かれた田山花袋の『蒲団』を題材にしたデビュー作『ＦＵＴＯＮ』、同じく明治期に東北を訪れた英国人女性の手記を題材にした『イトウの恋』、現代の家族が登場する『桐畑家の縁談』や『平成大家族』、一九七〇年代を振り返る『エ／ン／ジ／ン』、昭和初期の核家族の日常が分かる直木賞受賞作『小さいおうち』などなど——そこで描かれるのはいつだって、その時代に住む人々の日常だ。

そんな彼女が、人生の節目で迎える四大儀式、冠婚葬祭を小説の題材に取り上げるのは至極当然のことのように思える。が、収録される四篇で著者が投げてくるのは変化球。現代における儀式の様相を細やかに綴るというよりも、微妙にずらした視点から描くのだ。例えば「冠」にあたる第一篇の「空に、ディアボロを高く」の主人公は成人式を迎える若者でもその家族でもなく、挫折を味わった二十代半ばの青年である。「婚」にあたる「この方と、この方」でも、なかなか結婚式は執り行われない。さてさて、彼女ならではの切り口によるハレの日のお話とは？　一篇ごとに確認してみよう。

冠＝「空に、ディアボロを高く」

地方新聞の支局に勤めていたものの、自らが書いた成人式の記事に誤りがあり、辞職にまで追い込まれた青年が主人公。辞めるきっかけとなった記事は確かに取材をして書いたもので完全な捏造ではないのだが、思い込みで事実誤認してしまったのだ。当初は周囲にも騒がれ、部屋にひきこもっていた彼だが、その土地を離れるという日に起こした行動により、問題の記事によって慰められた人物がいたことを知る。その事実が彼の心向きをほんのちょっぴり変えるのだ。成人式は子供が大人になる儀式であるが、この経験こそが、彼にとって一歩成長するイニシエーションだったに違いない。

婚＝「この方と、この方」

結婚相談所がビジネスとして台頭している今、もはや数少なくなってしまったと思われるお見合いおばさんが登場するコミカルな一篇。かつては相当の手腕を発揮していたようで、経験で培った勘で指示を出していく様は、ユーモラスであると同時になるほど、と思わせる。例えば見合いを控えた女性が太ってしまったと知って怒りさえ覚える様は笑えるし、しかし本人に直接指摘するのでなく、彼女の友人にさりげなくアドバイスする気遣いの発揮の仕方は実にうまい。そんな奮闘振りに加え、彼女と若者たちの結婚観、結婚式観の違いまでが浮き彫りになっていく。

葬＝「葬式ドライブ」

一人の老婦人の葬儀に出席した青年。彼には以前、その婦人をとある告別式に連れていったことがあり、その際、彼女の人生を垣間見た思い出がある。ここでは二つの葬式が描かれるわけだが、それが実に対照的。社葬も兼ねて大勢の人が集まった式と、グループホームが仕切った参加者もわずかな無宗教葬。前者では故人になじみの薄いと思われる参列者が好き勝手なことをつぶやき、葬儀会社の人間は進行に懸命、親族たちも遺言についてぺちゃくちゃとおしゃべり、棺が焼かれる間はみな別室で飲み食いして款談。哀しさに満たされるはずの儀式に漂うこの滑稽さを、著者は見逃さない。後者では、家族が一切参列していない簡素な式でありながら、故人への真心が感じられる。そして、一度会っただけの老女に対する、青年の喪の作業がひっそりと行われるのだ。

祭＝「最後のお盆」

田舎にある母の生家を手放すこととなった三姉妹が、最後に集まってその土地の慣わしに従ってお盆を迎えようとする。記憶を辿りながら忘れかけていた風習を再現しようとする彼女たちのやりとりが楽しい。なすときゅうりの精霊馬は用意しない、みなでうどんを食べる、墓地に迎えに行ったあと家に入る前には足を洗うなどの細部も興味深い。そして気づけば、この家での最後の祭礼を名残惜しむかのように、いつのまにか異界の人々も紛れ込んでいる。やがてあちらへの扉は静かに閉じられると同時に物語も終わりを迎える。この作品集の最後を飾るに相応しい短篇だ。

日常の光景を伝える筆致のなんと軽やかなこと。まるで隣人の生活を実況中継してもらっているかのようだ。実は四篇は少しずつ、登場人物が重なっている。気づくか気づかないか、ぐらいのささやかな仕掛けだが、このつながりが、彼らが今この時代、この日本のどこかにいる人々である、という印象を強めている。

現代が舞台であることの特徴として挙げられるのは、これらの儀式が家族や地域といった共同体と切り離せないものであるはずなのに、その結束の弱さが浮き彫りになっていること。二十歳の女性は成人式には出席せず、お見合いでは両親が一度も姿を見せず、グループホームの葬式では親族が一人も出席していない。唯一、家族が主要人物となっている第四篇も、このの ち家はなくなり、姉妹たちもそれぞれ遠い土地へと散っていくことが示唆されている。本書の主題は、ただ冠婚葬祭というわけではなく、コミュニティのあり方が変化している中でのそれなのだ。

ただし著者が描くのは、共同体の崩壊や風習が廃れていくことへの寂寥感や危機感ではない。なぜならどの短篇でも、従来とはまた異なる形で人と人がつながる瞬間が切り取られているのだ。家族でもなんでもない人間が（四篇ではひょっとすると、人間ではないものが…？）、ふと、つながる瞬間が。

儀式的なものは昨今、かつてほど重要視されなくなっている。それでも私たちの心のどこかに、冠婚葬祭は節目節目の大切な行事として存在している。お盆の風習も都会では途絶えてきているが、それでも死者を敬う気持ちは誰も否定しないだろう。暮らしの中で変わっていくもの、変わらないものが、ここにはある。しかしそれは、教科書には残されない事柄だ。中島さんが切り取るのは、そこである。どうしても消え去ってしまう、でも私たちの記憶に刻まれた風景を、中島さんは書きとめていく。本書でいうなら二十一世紀を迎えた頃、日本のとある場所のとある人々はこんな風に過ごしていた、ということを教えてくれるのだ。おそらく舞台が数十年前でも、数十年後でも、ここに記されたエピソードは成り立たないのではあるまいか。そこから感じられるのは、時の大きな流れの中の一か所で、懸命に生きている人間たちの滑稽味と哀しみ、そしてなんといっても愛おしさだ。

どこにも形跡を残さず消えていく人々の生活の営みのかたち。そこに漂う空気を巧みにすくいとる眼差し、その描写力には得がたいものがある。その力量が充分に発揮され、ユーモアと愛情にあふれた本書は、中島さんの魅力が十二分につまった一冊だといえるだろう。

（たきい・あさよ　フリーライター）

ちくま文庫

冠《かん》・婚《こん》・葬《そう》・祭《さい》

二〇一〇年九月十日　第一刷発行

著　者　中島京子（なかじま・きょうこ）
発行者　菊池明郎
発行所　株式会社　筑摩書房
東京都台東区蔵前二―五―三　〒一一一―八七五五
振替〇〇一六〇―八―四一二三
装幀者　安野光雅
印刷所　中央精版印刷株式会社
製本所　中央精版印刷株式会社
乱丁・落丁本の場合は、左記宛にご送付下さい。
送料小社負担でお取り替えいたします。
ご注文・お問い合わせも左記へお願いします。
筑摩書房サービスセンター
埼玉県さいたま市北区櫛引町二―六〇四　〒三三一―八五〇七
電話番号　〇四八―六五一―〇〇五三

ISBN978-4-480-42771-7 C0193